... WIE ALLES BEGANN

Rae Voights Leben ist perfekt. Sie geht auf die Highschool, sieht gut aus, ist sehr beliebt und mit Marcus, dem Mädchenschwarm der Schule, zusammen. Doch plötzlich geschieht etwas Unfassbares. Rae hört Stimmen ... Sie fühlen sich an wie fremde Gedanken, die in ihrem Kopf herumspuken. Rae hat keine Ahnung, wo sie herkommen oder wie sie diesem Alptraum entfliehen kann – und sie hat panische Angst. Angst vor den fremden Gedanken und davor, genau wie ihre verstorbene Mutter in einer Nervenheilanstalt zu landen.

Doch es kommt, wie es kommen muss: Eines Tages dreht sie völlig durch und wird in die Psychiatrie eingeliefert. Sie schafft es zwar den Ärzten glaubhaft vorzuspielen, sie sei geheilt und wird daraufhin wieder entlassen, muss jedoch an einer Gruppentherapie teilnehmen.

In der Therapiegruppe findet Rae in Anthony und Jesse neue Freunde. Auch mit Yana, einem Mädchen, das in der Psychiatrie gejobbt hat, freundet sie sich an. Und Freunde – die hat sie jetzt bitter nötig, zumal sich alle alten Freunde von ihr, der „Irren", abgewandt haben. Auch Marcus.

Anthony erkennt als Erster, dass Rae nicht krank ist, sondern eine besondere Gabe besitzt: Sie kann aus den Fingerabdrücken anderer Leute deren Gedanken lesen. Rae beginnt diese Fähigkeit zu nutzen. Dabei wird sie aber auch mit einer schrecklichen Wahrheit konfrontiert: Offenbar wird sie von jemandem verfolgt. Und dieser Jemand trachtet ihr nach dem Leben.

Als Jesse unter mysteriösen Umständen verschwindet und Rae klar wird, dass er entführt wurde, beschleicht sie eine dunkle Ahnung: Nicht nur ihr eigenes Leben, auch das Leben ihrer Freunde ist in Gefahr. Zusammen mit Anthony und Yana setzt Rae alles daran, Jesse zu finden. Als sie ihn schließlich aus einer alten Lagerhalle befreien können, sind seine Gedanken wie ausgelöscht. Rae vermutet, dass der unbekannte Entführer, der sie verfolgt und überall beobachtet, auch eine besondere Fähigkeit besitzt. Es scheint, als ob er die Erinnerungen anderer Menschen löschen und ihnen seine eigenen Gedanken aufzwingen kann. Und es scheint, als ob er Rae testen will – bevor er sie tötet.

Kapitel Eins

Rae Voight hätte Lust gehabt, mitten auf dem Flur stehen zu bleiben, die Arme auszubreiten und zu schreien: „Seht alle her! Glotzt euch richtig satt und hört auf mich immer heimlich aus dem Augenwinkel anzusehen."

Aber sie ließ es. Nachdem die gesamte Schule kürzlich herausgefunden hatte, dass ihre Mutter eine Mörderin war und in einer psychiatrischen Klinik gestorben war und außerdem jetzt alle wussten, dass Rae ihre Sommerferien in der – jawohl –, in der Psychiatrie verbracht hatte, war es nicht unbedingt klug, noch mehr Aufmerksamkeit auf sich zu ziehen.

Nur dass es mittlerweile für sie kaum noch eine Rolle spielte. War das nicht verrückt? Bisher hatte Rae nichts mehr gefürchtet, als dass irgendjemand – und sei es ihre beste Freundin – die Geschichte ihrer Mutter herausfand. Und nun wusste es alle Welt. Sie war sich sicher, dass selbst der Hausmeister darüber im Bilde war. Und sie war überzeugt, dass sogar die Typen aus der Medien-AG, die sonst über nichts anderes reden konnten, als darüber, wie sehr sie sich einen LCD-Fernseher wünschten, über sie tratschten. Und sie kümmerte sich ... einen Dreck darum. Jawohl. Sie fühlte sich nicht im Entferntesten so mies, wie sie es immer erwartet hatte, wenn jemand die Sache mit ihrer Mutter aufdecken würde.

Vielleicht lag es daran, dass sie selbst ja wusste, dass ihre Mutter niemanden umgebracht hatte. Seit sie den Brief mit den Fingerabdrücken ihrer Mutter in der Hand gehalten hatte und ihre parapsychologische Fähigkeit angewandt hatte, um die Gedanken zu lesen, die ihre Mutter während des Schreibens dieses Briefes gehabt hatte, war sie davon überzeugt gewesen. Jetzt aber hatte sie auch den Beweis: Aidens Geständnis. Aiden hatte endlich zugegeben, dass man ihrer Mutter eine Rolle zugeschoben hatte – die Rolle der Schuldigen am Tod ihrer besten Freundin. Rae war nicht die Tochter einer Mörderin.

Und Rae wurde endlich auch nicht mehr von ihrer *eigenen* besten Freundin gejagt. Es hatte sich herausgestellt, dass es Yana Savari gewesen war, die Rae die ganze Zeit verfolgt hatte. Aber jetzt hatte Aiden Yana irgendwo untergebracht, wo sie Rae nichts anhaben konnte.

Raes Mutter war also unschuldig und Rae in Sicherheit. Neben all dem gab es aber noch einen anderen, wichtigeren Grund, warum Rae sich nicht mehr darum kümmerte, was man in der Schule über sie dachte. Anthony Fascinelli hatte sie geküsst – und zwar so lange, bis ihre Lippen schließlich ganz aufgequollen und wund waren; allerdings auf angenehme Weise. Wer wollte sich danach noch um irgendetwas Sorgen machen? Es war auch nicht nach einer heiklen Situation zu diesem Kuss gekommen. Anthony hatte sie nicht geküsst, weil sie beinahe gestorben wäre. Oder er vielleicht. Darum zählte der Kuss, und zwar voll. Während Rae an diesen Kuss und an all die anderen Küsse dachte, die ihm in der vergangenen Woche gefolgt waren, breitete sich ein Lächeln über ihr Gesicht. Dieses Lächeln brachte ihr noch mehr „Was ist mit dir los"-Blicke ein. Offenbar fanden die Leute, dass Rae keinen Grund zum Lächeln hatte, nachdem die so genannte Wahrheit über ihre Mutter herausgekommen war. Aber ihr waren die Blicke egal. Sie musste einfach lächeln. Weil für heute die Schule zu Ende war und sie und Anthony, sobald sie bei ihm war, sich wieder küssen würden.

Als hätten ihre Gedanken ihn herbefohlen, fühlte Rae, wie Anthonys Hand sich um ihre Taille schlang. Sie wandte sich zu ihm um, ungeduldig, seine Lippen auf ihren zu spüren, um RaeAnthony zu werden, anstatt Rae und Anthony. Seit *dem Kuss* hatten sie sich in dieser Woche Hunderte Male geküsst, aber Rae hungerte immer noch nach seinem Geschmack. Als seine Lippen ihre berührten, war es, als läge ihr plötzlich mit einem Schlag alles, was sie sich je im Leben gewünscht hatte, zu Füßen. Und zwar mit Sahnehäubchen und Kirsche obendrauf.

„Auto", sagte Anthony in ihren Mund, und er begann rückwärts den Flur entlangzugehen, sein Gesicht nur wenige

Zentimeter von ihrem entfernt. Rae legte ihren Arm fest um seine Schulter und versuchte sich seinem Schritt anzupassen. Nein, sie versuchte es nicht nur. Sobald sie RaeAnthony waren, bewegten sich ihre Körper synchron nebeneinander. Wie zwei Hälften, die in dem Moment wieder zusammenfanden, wenn Rae und Anthony sich küssten.

Ohne einander loszulassen verließen sie das Schulgebäude und gingen über den Parkplatz zu Anthonys Hyundai. Anthony lehnte Rae gegen die Beifahrertür, dann löste er langsam und zögernd einen Arm von ihr, um mit der Hand in seine Hosentasche zu greifen. Rae hörte das Klimpern eines Schlüsselbundes. Dann fühlte sie, wie Anthony hinter ihrem Rücken das Schloss aufzuschließen versuchte. *Wie oft ich ihn heute wohl dazu bringen kann, die Schlüssel fallen zu lassen?*, überlegte sie. Sie löste sich ein winziges Stück von ihm, dann lächelte sie und drückte sich wieder an ihn, um ihn erneut zu küssen.

Die Schlüssel fielen auf den Asphalt. Rae liebte es, so etwas mit Anthony anstellen zu können – ihn so sehr zum Zittern zu bringen, dass er noch nicht mal mehr ein paar Schlüssel in der Hand halten konnte. Natürlich hätte er dasselbe mit ihr machen können. Was ihr ebenso gefallen hätte.

Anthony drückte sie in der Taille nach hinten – wie eine Tangotänzerin –, um sich bücken und die Schlüssel aufheben zu können. Zwischen ihren Körpern bestand nicht mehr der geringste Abstand. Rae öffnete die Augen. Sie musste Anthony ansehen. Er schlug seine Augen, braun wie geschmolzene Schokopralinen, einen Augenblick später auf. So war es bei ihnen immer. Sie waren synchron. RaeAnthony. AnthonyRae.

„Hab sie", sagte Anthony, und seine Lippen glitten von ihren Lippen auf ihre Wange. Er richtete sich auf und zog Rae mit sich in die Höhe.

„Anthony", sagte sie atemlos.

Er lächelte sie schüchtern an, bereit, sich zum nächsten Kuss an sie zu drücken.

„Nein, Anthony", platzte Rae heraus und klammerte sich fester an seine Schultern. Sie spürte, wie sich ihre Nägel in seine Haut gruben, aber es gelang ihr nicht, ihren Griff zu lockern. „Da sitzt jemand hinten im Auto", sagte sie, und ein altbekanntes Zittern befiel ihre Stimme. Eine Woche. Sie hatte eine Woche ohne Angst verlebt, und nun brach alles wieder über sie herein. „Auf dem Boden", brachte sie noch hervor.

Ruckartig drehte Anthony seinen Kopf zum Rückfenster des Autos, wobei er Rae bereits hinter sich schob, um ihren Körper mit seinem wie durch einen Schild zu schützen. Rae hielt den Atem an, bis Anthony sich ihr wieder zuwandte. In seinem Blick lag etwas Beruhigendes. „Es ist Aiden", sagte er. Rae stieß einen zittrigen Seufzer der Erleichterung aus. Aiden Matthews hatte ihr mehr als einmal das Leben geret-

tet. Wenn das kein Beweis dafür war, dass sie ihm trauen konnte – was sonst hätte es beweisen können? Anthony schloss Raes Tür auf, und sie stieg ein.
„Sieh mich nicht an", befahl Aiden. Als Anthony sich hinter das Steuer setzte, wiederholte er die Anweisung. „Fahr los", fuhr er fort. „Aber nicht zu schnell. Es soll aussehen, als ob ihr ins Einkaufscenter fahrt – oder sonst wohin."
„Was ist denn?", fragte Anthony, während er aus der Parklücke und zur Ausfahrt des Parkplatzes fuhr.
„Yana ist abgehauen", antwortete Aiden.
Rae durchschoss ein Gefühl, als wenn ihr Blut durch ein Betäubungsmittel ersetzt worden wäre. Ihr Körper wurde schwer, unbeweglich und ... wie tot. „Yana", flüsterte sie, und ihre Zunge stolperte über den Namen.
Anthony nahm ihre Hand. Sie spürte kaum, wie warm und stark sich seine Finger anfühlten. „Dir wird nichts passieren", sagte er entschlossen.
Raes Gedanken wanderten blitzartig zu der Hütte, zu der Yana – die noch vor weniger als einem Monat ihre beste Freundin gewesen war – sie damals gebracht hatte, um sie umzubringen. Rae sah sich, wie sie ein Messer in der Hand hielt und durch Yanas Fähigkeit, Gedanken in fremde Köpfe zu senden, gezwungen war, sich damit in den Hals zu ritzen, ganz, ganz leicht. Nach Yanas Vorstellung hätte Rae schön langsam sterben sollen. Sie hatte zusehen wollen, wie Rae litt. Und jetzt lief Yana irgendwo frei herum. Und was

sonst konnte sie wohl vorhaben, als Raes Verfolgung sofort wieder aufzunehmen und diesmal sicherzugehen, dass Rae starb? „Hast du Yana die Wahrheit erzählt?", fragte Anthony, während er geradeaus auf die Straße stierte. Vor einer roten Ampel bremste er abrupt. „Hast du ihr gesagt, dass es nicht Raes Mom war, die ihre Mutter umgebracht hat? Hast du ihr gesagt, dass es deine verdammte Behörde ist, an die sie sich wenden soll?"

„Es war nie *meine* Behörde. Und ich gehöre auch nicht mehr dazu", antwortete Aiden.

„Ob du es ihr gesagt hast?", beharrte Anthony und fuhr über die Kreuzung.

Rae versuchte Anthonys Hand fester zu drücken. Aber sie hatte kein Gefühl. Sie war bis ins Mark erstarrt.

„Ich habe es versucht", sagte Aiden.

„Was soll das heißen?", schoss Anthony zurück.

„Es heißt, dass ich es versucht habe", antwortete Aiden, und seine Stimme enthielt einen Hauch Unbehagen. „Ich habe ihr alles erklärt, aber ich weiß nicht, wie viel sie verstanden hat. Ich musste ihr starke Beruhigungsmittel geben, damit sie ihre Fähigkeiten nicht einsetzen konnte. Darum war sie nur halb bei Bewusstsein. Ich habe ihr aber gesagt, dass die Behörde ihre Mutter umgebracht hat, weil sie kurz davor war, die Experimente an die Öffentlichkeit zu bringen. Die Experimente, die Raes und Yanas Mutter ihre Fähigkeiten verliehen haben."

„Und die sich auf Yana und Rae vererbt haben. Vergiss nicht diesen kleinen Nebeneffekt der Experimente", erinnerte ihn Anthony.

„Hat sie ...?" Anthony und Aiden warteten, während Rae Mühe hatte, die Worte über ihre tauben Lippen zu bringen. „Hat sie dir geglaubt? Das mit meiner Mutter?"

Im hinteren Teil des Wagens entstand ein langes Schweigen.

„Ich weiß nicht", gab Aiden schließlich zu. „Ich wollte ihr alles noch einmal erklären – sobald ich sicher sein konnte, dass es ungefährlich wäre, die Dosis der Mittel zu senken. Aber ..."

„Aber sie ist geflohen", fiel Anthony ihm ins Wort. „Wie zum Teufel konnte das passieren?"

„Es gab einen Kurzschluss. Der hat das Sicherheitssystem an den Zimmertüren durcheinander gebracht. Die Schlösser haben sich geöffnet, was nicht vorgesehen war", erklärte Aiden. „Während ich versucht habe, das System wieder in Gang zu setzen, ist sie durch den Hinterausgang abgehauen."

„Vielleicht ist sie schon in Atlanta", sagte Rae. „Du bist hier. Also könnte sie auch hier sein." Sie drehte ihren Kopf – die kalten Muskeln in ihrem Nacken schrien beinahe auf – und sah die Leute an, die neben dem Auto auf dem Bürgersteig gingen. Keine Yana. Im Moment jedenfalls noch nicht.

„Sie hatte aber kein Geld und ...", begann Aiden.

„Spinnst du?", platzte Anthony heraus. „Sie braucht kein

Geld. Sie kann Gedanken in die Köpfe anderer Leute setzen."

„Lasst uns überlegen, wie wir sie finden können", sagte Rae, während sie mit den Augen noch immer den Bürgersteig absuchte. „Bevor sie mich findet."

„Wir wissen doch gar nicht, ob sie wirklich hier ist", antwortete Aiden.

Sie ist hier, dachte Rae. *Ich fühle, dass sie da ist. Und dass sie näher kommt.*

„Wo genau hattest du sie denn untergebracht?", wollte Anthony wissen. „Wie weit außerhalb der Stadt? Wir müssen ihre Spur aufnehmen."

„Das kann ich euch nicht sagen. Überhaupt kann ich euch nicht mehr sagen. Ich sollte sogar besser gar nicht mit euch sprechen", sagte Aiden. „Wenn sie wüssten, dass ..."

„Es ist dir also egal, wenn ich umgebracht werde?", fragte Rae. Das Betäubungsmittel in ihren Adern wurde heiß, verwandelte sich in Säure.

„Ist es mir natürlich nicht. Darum bin ich ja hier. Um dich zu warnen", protestierte Aiden.

Rae hätte gern sein Gesicht gesehen. Sie wünschte, er sähe ihr in die Augen, während er so tat, als sorgte er sich so sehr. Aber er lag immer noch zusammengekauert auf dem Boden vor dem Rücksitz.

„Und das ist alles? Eine Warnung? Das ist alles, was du verdammt noch mal tun willst?", fuhr Anthony auf. Er beant-

wortete seine Frage, bevor Aiden es tun konnte. „So läuft es nicht. Auf gar keinen Fall. Du verlässt dieses Auto nicht, bis wir Yana gefunden haben."
„Die Ampel ist rot!", warnte Rae Anthony. „Rot!"
Anthony stieg in die Eisen. Die Hintertür flog auf, und Aiden kroch auf die Straße. Im Zickzack überquerte er zwischen dem herannahenden Verkehr die Fahrbahn.
„Weg ist er", sagte Rae und sah Aiden nach, wie er um eine Ecke herum verschwand.
„Bastard", murmelte Anthony. Er drückte Raes Hand so heftig, dass sie fühlte, wie sich die kleinen Knochen aneinander rieben.
„Keine Angst", sagte er. „Wir finden Yana auch ohne ihn."
Vielleicht sollten wir es lieber gar nicht versuchen, dachte Rae. *Vielleicht ist es ein Fehler. Ein großer Fehler, durch den Rae-Anthony am Ende stirbt.*

Yana Savari blieb stehen. Die Ampel zeigte rot. „Rot heißt: stehen bleiben. Grün heißt: gehen", murmelte sie. Wie bei der Tür. Grün. Also geh.
„Brauchst du Hilfe, um über die Straße zu kommen?", fragte eine Stimme. „Du kannst mit mir hinübergehen."
„Bist du ... ich?", antwortete Yana. Sie wandte sich der Stimme zu und starrte das gestreifte Klecksding an, das neben ihr stand. „Bist du ... ich?", wiederholte sie ihre Frage, als der Klecks nicht antwortete. Die Worte ... waren verkehrt. Die

richtigen ... staken in der zähen Masse im Inneren ihres Hirns.

„Soll ich lieber meine Mama holen?“, fragte der Klecks. Warum konnte Yana die Worte des Kleckses verstehen, selbst aber keins zustande bringen? Sie stieß ein unterdrücktes Stöhnen aus, und der Klecks wich zurück. Dann schaltete die Ampel auf grün.

Grün. Geh. Wie bei der Tür. In dem Zimmer. Rot, rot, rot, rot. Aufpassen, aufpassen. Rot, rot, rot. Dann grün. Grün zum Gehen. Wie jetzt. Grünes Licht. Yana lief über die Straße und ließ den Klecks hinter sich. Gehen, gehen, gehen. Da drüben war etwas Rotes. Sie zögerte, sah es an. Nein. Kein Licht. Nicht stehen bleiben. Geh, geh, geh. Lauf, lauf, lauf.

Rot. Rotes Licht. Heißt stehen bleiben. Heißt: Tür abgeschlossen. Du kannst nicht heraus. Rotes Licht. Yana blieb neben einem gelb-blauen Klecks stehen. Er war nicht ganz so unförmig wie der andere. Etwas ... härter? Fester. Etwas fester. Yana rieb sich die Augen. Viel, viel fester. Ein Mensch. Ein ... äh ... was nur? Ein ... ein Mann. Gelbes Hemd. Blaue Jeans.

„Ist alles in Ordnung?“, fragte der Mann.

Yanas Augenbrauen schoben sich zusammen, während sie in ihrem zähen Hirn nach dem Wort suchte. Sie fand es und presste es aus dem Mund. „Ja“, antwortete sie.

„Ganz bestimmt?“, fragte der Mann.

„Ja." Das Wort kam jetzt leichter heraus. Dann waren plötzlich rundherum Wörter. Sie sprangen unzusammenhängend in ihrem Kopf herum. „Meine Mutter. Meine Mutter. Sie ist tot. Ermordet worden. Jemand muss dafür büßen."

Anthony nahm einen großen Schluck aus seinem Kaffeebecher. Er hatte den Typen vom *7 Eleven* dazu gebracht, ihm den Kaffee in einen Riesenbecher zu füllen, der eigentlich für Cola gedacht war; weil er wusste, dass eine lange Nacht vor ihm lag und er jede Sekunde hellwach sein wollte.

Ob Rae auch wach ist?, fragte er sich, während er durch seine erst kürzlich mit Politur behandelte Windschutzscheibe zum Fenster von Raes Zimmer hinübersah. *Liegt sie jetzt vielleicht da und hat Angst, dass Yana jeden Augenblick auftauchen könnte?* Wenn er ihr nur hätte sagen können, dass er hier draußen saß und aufpasste. Aber wenn er das tat, würde sie wahrscheinlich darauf bestehen, dass er nach Hause fuhr. Und das wollte er auf keinen Fall.

„Komm schon, Yana, wo bist du?", murmelte Anthony. Er musste sie sehen, bevor sie ihn entdeckte – sonst würde sie ihn am Ende noch dazu bringen, dass er Rae mit seinen eigenen Händen umbrachte. Jener Abend in der Hütte, als Yana sein Gehirn unter Kontrolle bekommen hatte und ihn dazu gebracht hatte, Rae beinahe mit Rattengift zu füttern – das war der schlimmste Abend seines Lebens gewesen. Die nächsten drei Nächte hatte er noch geträumt, dass es Aiden nicht gelungen sei, Yana mit der Betäubungspistole unschädlich zu machen, und dass Anthony Raes Mund mit Gewalt geöffnet hielt und ihr das Rattengift in den Hals schaufelte, bis ihr Mund schäumte und sie am ganzen Körper zuckte. Danach war Anthony schreiend aufgewacht. Und hatte Rotz und Wasser auf seinem Kissen gehabt.

Schon wenn er nur an den Traum dachte, begann er wie verrückt zu schwitzen. *Du musst nichts weiter tun als sicherstellen, dass du sie zuerst siehst,* sagte er sich wieder. *Du musst sie überwältigen, bevor sie eine Chance bekommt, sich in dein Gehirn zu krallen.*

Anthony nahm noch einen Schluck Kaffee. Seine Augen brannten, aber er zwang sich, Raes Vorgarten abzusuchen und danach die Straße hinauf und hinab zu sehen. Nichts. Bis jetzt jedenfalls. Er rieb sich die Augen mit den Handgelenken, dann richtete er seine Aufmerksamkeit wieder auf Raes Vorgarten.

Verdammt, er hatte zu heftig gerieben. Kleine rote Pünktchen flimmerten durch sein Blickfeld. Er blinzelte einige Male, dann sah er wieder in den Vorgarten.

Sein Herz schlug gegen seine Rippen. Da war doch jemand! Eine Mädchen. Sie lief auf Raes Fenster zu. Yana! Wer sonst? Anthony öffnete lautlos die Autotür und stieg langsam aus dem Hyundai. Hatte sie ihn gehört? *Wenn ja, hätte sie schon Gewalt über dich,* sagte sich Anthony. Er zog die Betäubungspistole hervor, die er den Typen abgekauft hatte, die vor

dem *7 Eleven* herumhingen. Dann ging er in die Knie und ließ Yana nicht aus den Augen, während er blitzschnell die Straße und den Vorgarten überquerte.
Er bekam Yana unterhalb der Knie zu fassen. Sie schlug heftig hin. Aber die Pistole flog Anthony aus der Hand und landete etwa in der Mitte des Vorgartens. Jetzt hatte sie ihn. Jetzt hatte sie ihn vollkommen in der Hand. Noch bevor er einen Finger rühren konnte, würde sie in sein Hirn eingedrungen sein.

Raes Augenlider flogen schlagartig auf. Draußen vor ihrem Fenster war jemand. *Vielleicht ist es ja nur wieder diese Schildpattkatze,* sagte sie sich, während sie aus dem Bett schlüpfte. *Oder es ist Yana,* musste sie gegen ihren Willen anfügen.
Die Katze. Yana. Die Katze. Yana. Die Worte schwirrten ihr im Kopf herum, während sie zum Fenster hinüberkrabbelte. Sie schob den Vorhang einen Zentimeter beiseite und sah vorsichtig hinaus.
Mandy Reese grinste sie an und winkte ihr entschuldigend zu. Raes Herzschlag normalisierte sich wieder. Sie wollte gerade das Fenster öffnen, als sie den Schatten einer Bewegung im Dunkeln wahrnahm. Bevor sie sich rühren konnte, bevor sie Mandy eine Warnung zurufen konnte, wurde Mandy zu Boden gerissen.
Durch Anthony. Denn er war es, der wie ein Blitz durch den

Vorgarten geschossen war. Anthony. Er hatte sein Knie auf Mandys Rücken gesetzt und reckte sich ... um nach einer Betäubungspistole zu greifen!
Mit einem heftigen Schwung riss Rae das Fenster auf. „Anthony, nicht!", schrie sie. „Das ist Mandy. Mandy!"
Sofort riss Anthony sein Knie von Mandys Rücken. Er stand auf und half ihr sanft auf die Beine. „Alles okay?", fragte er. „Ich dachte, du wärst Yana."
„Yana?", rief Mandy, und der Schreck verlieh ihrer Stimme etwas Schrilles. „Wie sollte Yana denn ...?"
„Könnt ihr gefälligst etwas leiser sein? Sonst wird mein Vater noch wach", versuchte Rae sie zu bremsen. „Kommt an die Haustür. Ich mache euch auf." Ohne auf eine Antwort zu warten zog Rae schnell ihre Jeans und das Hemd an, das sie an diesem Tag getragen hatte, dann eilte sie aus ihrem Zimmer und lief die Treppe hinunter. Sie drehte langsam den Schlüssel im Schloss herum, trotzdem verursachte es ein lautes Klicken, dass in Raes Ohren wie ein Revolverschuss klang. Sie zögerte einen Moment, lauschte. Aber kein Laut, der auf eine Bewegung hindeutete, drang aus dem Zimmer ihres Vaters. Darum öffnete sie die Tür, winkte Anthony und Mandy herein und ging mit ihnen zurück in ihr Zimmer.
„Alles in Ordnung mit dir?", fragte sie Mandy, sobald sie hinter ihnen die Tür geschlossen hatte.
„Ja, ich bin okay", antwortete das Mädchen und wandte sich

dabei zur Hälfte an Rae und zur Hälfte an Anthony. „Aber was soll denn das mit Yana? Ich dachte, Aiden hätte sie eingeschlossen und mit irgendwelchen Mitteln voll gepumpt?"

„Sie ist abgehauen", antwortete Anthony.

„Gott! Oh, mein Gott!" Mandy setzte sich auf Raes Bettkante.

„Du bist nicht in Gefahr", sagte Anthony zu ihr. „Yana hat überhaupt keinen Grund, hinter dir her zu sein. Wahrscheinlich hat sie dich neulich abends in der Hütte noch nicht mal gesehen. Und sie kann auch nicht wissen, dass du deine Gabe eingesetzt hast, um ihr auf die Spur zu kommen."

„Das ist es auch nicht, weswegen ich mir Sorgen mache", sagte Mandy. Sie wandte sich an Rae. „Ich sollte besser dich fragen, ob mit dir alles in Ordnung ist – anstatt umgekehrt. Was sie in der Hütte mit dir vorhatte ..." Mandy schüttelte den Kopf, als hielte sie noch nicht einmal den Gedanken daran aus.

„Mir geht's gut, bestimmt", beruhigte sie Rae. Es war eine Lüge, aber sie wollte Mandy aus dieser Sache heraushalten. Mandy hatte schon genug für Rae getan. Ihre Mutter war in derselben Gruppe gewesen wie ihre Mutter und die Mutter von Yana. Und Mandys Erbanlagen waren durch die Experimente, die an ihrer Mutter vollzogen worden waren, ebenso durcheinander geraten wie bei Yana und Rae.

Aber das hatte Mandy so lange nicht gewusst, bis Yana Rae

in die Hütte gebracht und dort festgehalten hatte. Erst dann hatten Aiden und Anthony Mandy die ganze Wahrheit über sie selbst eröffnet. Sie hatten Mandy erklärt, dass sie eine parapsychologische Fähigkeit besaß, die sich zeigen würde, wenn sie den Höhepunkt ihrer Pubertät erreicht hatte. Sie hatten ihr gesagt, dass ihre Gabe – wie immer sie sich darstellen mochte – ihnen helfen konnte, Rae zu retten. Daher hatte Mandy, obwohl sie Rae kaum kannte, zugestimmt, dass Aiden ihr Hormone injizierte, um ihre Fähigkeit so schnell wie möglich zu aktivieren. Und es war tatsächlich so – es stellte sich heraus, dass Mandy durch das Berühren von Kleidungsstücken die Person „sehen" konnte, der das Kleidungsstück gehörte. Oder mehr noch: dass sie für ein paar Augenblicke diese Person wurde. Anhand von Raes Pullover hatte sie herausgefunden, wohin Yana Rae gebracht hatte.

„Warum glaube ich dir das nicht?", wollte Mandy von Rae wissen.

„Weil du ein schlaues Mädchen bist", knurrte Anthony.

„Was machst du eigentlich hier? Mitten in der Nacht?", fragte Rae, die Mandy nicht weiter in ihren persönlichen Albtraum hineinziehen wollte. Das Mädchen war erst vierzehn. Sie sollte ... sich amüsieren. Ganz normale Sachen machen.

Mandy begann einen kleinen Zopf in ihr langes braunes Haar zu flechten. „Es war dumm. Tut mir Leid. Ich hätte nicht so spät noch vorbeikommen sollen."

Toilette formte Anthony zu Rae gewandt lautlos mit den Lippen. Dann ging er leise und ließ sie und Mandy allein.

„Es ist nicht dumm", sagte Rae, während sie sich neben Mandy setzte. „Als ich feststellte, dass ich Gedanken von Fingerabdrücken lesen kann, war ich total verängstigt. Hast du Angst wegen deiner Fähigkeit?"

„Ja", gab Mandy zu. „Und dieser Hormonschub hat irgendetwas mit meinen Brüsten angestellt. Ich habe sie mir zwar schon größer gewünscht, aber sie sind so sehr gewachsen, dass es wehtut."

„Ach, Mandy, wenn du wüsstest, wie Leid ..."

„O sei bloß still", fiel Mandy ihr ins Wort. „Ich habe dir schon gesagt, ich will nicht, dass du dich entschuldigst. Aber das ist nicht der Grund, warum ich hergekommen bin."

Rae angelte sich eins der dunkelgrünen Kissen vom Kopfende ihres Bettes und umklammerte es vor ihrer Brust. „Was ist es dann?"

Anthony kam wieder herein und zögerte. Er sah Rae an und hob eine Augenbraue. „Ist es okay, wenn Anthony dabei ist?", fragte Rae Mandy.

„Natürlich. Aber wie ich schon sagte: Es ist nichts, was man unbedingt mitten in der Nacht besprechen müsste. Nicht, nachdem diese Sache mit Yana passiert ist", sagte Mandy.

„Wir schulden dir beide etwas", sagte Anthony, während er sich in Raes schwarzem Schreibtischsessel aus Leder niederließ. „Wenn du ein Problem hast, möchten wir dir helfen."

Habe ich nun einen tollen Freund oder nicht?, dachte Rae, bevor sie ihre volle Aufmerksamkeit auf Mandy richtete.
„Ihr kennt doch meine Schwester Emma. Sie war immer superbrav. Sie erledigt ihre Hausaufgaben immer auf der Stelle. Sie ist Ansprechpartnerin für die Kinder in der Grundschule. Und sie bügelt sogar ihre Jeans", sagte Mandy. „Jedenfalls ist es bisher immer so gewesen. Aber seit unsere Mutter gestorben ... umgebracht worden ist ...", korrigierte sich Mandy. Sie machte eine Pause, und ihre Augen wurden glasig. „Ich kann es immer noch nicht fassen, dass dieser verrückte Wissenschaftler sie getötet hat", murmelte sie.
Rae konnte sich genau vorstellen, wie Mandy sich fühlen musste. Steve Mercer, der Mann, der ihre Mutter mit Elektroschocks, Drogen und Röntgenstrahlen traktiert hatte – und die Mütter von Yana und Mandy ebenfalls –, hatte auch Raes Mutter getötet. Er war verrückt geworden und hatte alle Mitglieder der Gruppe umgebracht, in denen er eine Gefahr für die Gesellschaft sah. Er hätte auch Rae getötet, wenn nicht die Behörde, die die Experimente angeordnet hatte, ihn noch vorher umgebracht hätte. Es war so schaurig, sich vorzustellen, wie jemand ihrer Mutter bis zu diesem Punkt nachgejagt war, und sie konnte sich nur vorstellen, wie viel grässlicher es für Mandy sein musste, denn sie war schon ein Teenager gewesen, als es passierte. Rae hingegen war ein Baby gewesen, als ihre Mutter starb.

„Tja. Deine Schwester also“, versuchte Anthony sanft den Faden wieder aufzunehmen.

Mandy schüttelte kurz den Kopf. „Ja. Genau“, sagte sie. „Ich habe ein Hemd von ihr angefasst, und dann war ich sie ... ihr wisst schon ...“

Rae und Anthony nickten.

„Und ich ... sie hat mit Zeke geknutscht, diesem ekelhaften Typen. Solange unsere Mom noch gelebt hat, hätte sie mit einem solchen Abschaum wie ihm noch nicht mal geredet. Und ich weiß genau ... ich konnte spüren, wie sehr sie in ihn verliebt ist. Er wird sie verletzen. Da bin ich mir ganz sicher. Aber bei so einer Angelegenheit wird sie mit Sicherheit niemals auf ihre kleine Schwester hören wollen.“

„Vielleicht ist er ja gar nicht so übel, wie er aussieht“, sagte Anthony und schob mit den Füßen seinen Stuhl vor und zurück, vor und zurück. „Warum meinst du, dass er der letzte Dreck ist?“ Er stieß sich besonders heftig mit den Füßen ab und drehte den Stuhl damit einmal um sich selbst.

„Wie wäre es mit der Tatsache, dass er sozusagen jede Sekunde des Tages vollkommen high ist?“, fragte Mandy. „Ich glaube, er dealt sogar ein bisschen. Wenn Emma jetzt auch mit diesem Mist anfängt? Sie hat das Stipendium für die Universität so gut wie in der Tasche. Aber wenn sie weiter mit Zeke zusammen ist, wird sie sich noch alles verderben.“

Mandy begann ihren kleinen Zopf um ihren Finger zu

wickeln. Rae hatte das schon öfter bei ihr gesehen, wenn sie gestresst war. Sie riss sich beinahe die Haare dabei aus.

„Also, morgen ist doch Samstag. Was hältst du davon, wenn ich dir dabei helfe, diesen Zeke ein bisschen unter die Lupe zu nehmen?", sagte Rae und zog Mandy sanft den kleinen Zopf aus den Fingern.

„Meinst du nicht, wir sollten ...", begann Anthony.

Rae schüttelte den Kopf. „Ich denke, wir sollten einfach das tun, was wir normalerweise immer tun. Oder haben wir eine andere Wahl?" Sie lächelte Mandy an. „Und normalerweise würde ich versuchen, ein paar Fingerabdrücke vom Abschaum-Freund deiner Schwester zu lesen."

„Danke", sagte Mandy. „Ich ... ach, danke eben." Sie wandte sich wieder an Anthony. „Aber hast du nicht etwas gesagt von wegen nach Yana suchen?"

Anthony blickte kurz zu Rae, dann nickte er langsam.

„Du hast Recht", sagte Mandy. „Wir müssen meiner Schwester helfen, aber erst einmal müssen wir Yana finden. Also: Was sollen wir tun?"

Rae legte ihren Kopf auf die Seite. Mandys Stimme hatte so viel Ähnlichkeit mit der von Jesse, Anthonys Freund. Voller Eifer zu helfen und sich für Rae in extrem gefährliche Situationen zu begeben. Mitten in all dem Schrecklichen, was Rae in der letzten Zeit erlebt hatte, hatte sie ein paar richtig gute Freunde gefunden.

Anthony hustete. „Das ist ja sozusagen das Problem", meinte er. „Wir wissen nicht, was wir tun sollen. Wir haben keine Ahnung, wo Yana sich im Moment befinden könnte." Er zuckte die Schultern. „Wir können nur abwarten", sagte er, und seine Stimme klang beim letzten Wort gepresst.

Mandy verengte ihr Augen vor Konzentration zu schmalen Schlitzen. „Vielleicht auch nicht", sagte sie. „Vielleicht gibt es doch etwas, was wir tun können. Oder besser: etwas, das *ich* tun kann."

Rae runzelte die Stirn. „Mandy, ich möchte nicht, dass du ..."

„Nein, sie hat Recht", sagte Anthony, und seine Augen bekamen einen begeisterten Glanz. „Und keine Bange, Rae. Sie wird nicht in Gefahr geraten."

Irgendetwas verpasste Rae gerade. Sie sah sie beide an, dann fiel es ihr plötzlich ein. „Deine Fähigkeit!", platzte sie heraus.

„Genau", sagte Mandy. „Anthony, kannst du mir etwas besorgen, das Yana gehört? Etwas, das sie getragen hat?"

„Aber klar", antwortete Anthony. „Ich bringe es dir morgen. Und wenn wir dann wissen, wo Yana ist, fahren wir hin."

Gott, dachte Rae und zitterte. *Ob ich die beiden am Ende nicht in etwas hineinmanövriere, das niemand von uns überleben wird?*

Kapitel Zwei

Jemand beobachtete sie. Dort, wo die fremden Augen sie berührten, fühlte sie heiße Schlangenlinien über ihren Körper zucken.

Yana schlug die Augenlider auf und überflog die Umgebung. Aha. Oha! Ein widerlicher Typ gaffte sie an und malte sich aus – sie wollte lieber nicht wissen, was es war. Andernfalls hätte sie ihr Gehirn auswaschen müssen. *Na ja, was hast du auch erwartet – wenn man an einer Bushaltestelle schläft?*, fragte sie sich.

Sie stand langsam auf. Ihre Rückenwirbel knackten. *Notiz an mich selbst,* dachte sie. *Auf einer Holzbank schlafen ist Mist.* Wenigstens hatte die Wirkung der Mittel nachgelassen, mit denen Aiden sie voll gepumpt hatte. Yana befühlte vorsichtig die Beule an der Innenseite ihres linken Arms. Sie zog sich kreisrund um den roten Einstich, wo sich die Nadel befunden hatte. Noch vor ein paar Stunden hätte sie sich in ein Gespräch mit einem Pudel oder einem Mülleimer vertiefen können und gedacht, dass es sich um ihre besten Freunde handelte. So durcheinander war sie gewesen.

Yana warf dem Widerling einen ärgerlichen Blick zu, dann

lief sie zur Toilette hinüber. Zum Glück konnte sie die kleine Frau mit der dreieckigen Schürze auf der Tür klar und deutlich erkennen. Das hier war wirklich nicht der Ort, an dem man ins falsche Klo hätte latschen wollen. Sie trat ein, ging zum nächsten Waschbecken und spritzte sich kaltes Wasser ins Gesicht. Aaah! Jetzt ging es ihr noch ein bisschen besser. Sie würde sich sogar konzentrieren können. Scharf nachdenken können. Aber sie sah fix und fertig aus – ihre blutunterlaufenen blauen Augen hätten eine abscheuliche Dekoration für den Nationalfeiertag abgeben können, und ihre Haut hatte eine ungesunde gelbe Farbe. Aber im Kopf kam sie fast schon wieder an die Hundert-Prozent-Marke. Okay, das war Quatsch. Aber auf jeden Fall befand sie sich oberhalb der fünfzig Prozent und steigerte sich langsam. Ihr nächster Schritt stand ihr klar vor Augen.

Yana sah sich um, suchte Papiertücher, um sich das Gesicht abtrocknen zu können. Aber hier gab es nur einen Lufttrockner. Sie stellte sich davor, drehte die dicke Düse nach oben und drückte den Knopf. Mit einem Dröhnen begann ihr die heiße Luft ins Gesicht zu blasen. Es fühlte sich sogar ganz gut an. Alles, was echt war, fühlte sich gut an, nach dem Drogen-Taumel, in dem sie sich befunden hatte, nachdem sie aus dem Beobachtungsraum ausgebrochen war, in den Aiden sie gesperrt hatte. Beziehungsweise nachdem sie den Raum verlassen hatte, weil das Sicherheitssystem zusammengebrochen war. Angesichts der Form, in der sie sich

befunden hatte, wäre sie nicht mal in der Lage gewesen, aus einer Plastiktüte auszubrechen.
Als sich der Trockner abschaltete, kämmte Yana ihr blondes Haar mit den Fingern durch. Dann verließ sie die Toilette. Sie ging zum Fahrkartenschalter. *Also. Mal sehen, ob ich es noch kann,* dachte sie. Sie lächelte die Frau hinter dem Schalter an. „Einmal nach Atlanta, bitte", sagte sie. Dann griff sie in ihre Tasche und zog ein rotes Zimt-Kaugummipapier hervor.
DAS IST EIN FÜNFZIGER. Sie stellte sich vor, dass sie der Frau diesen Gedanken zuwarf – wie einen Softball, direkt auf die Stirn. Würde es funktionieren? Oder war sie durch das, was Aiden mit ihr angestellt hatte – was auch immer es gewesen sein mochte – nicht mehr dazu in der Lage?
Yanas Lächeln verbreiterte sich, als die Frau das Kaugummipapier in die Schublade unterhalb des Tresens legte – wo die Scheine einsortiert wurden – und begann das Wechselgeld herauszunehmen.
Wenn ich in Atlanta ankomme, bin ich wieder bei hundert Prozent, versprach sie sich, als die Frau ihr die Fahrkarte und das Wechselgeld reichte. *Und ich werde in der Lage sein zu tun, was getan werden muss.* „Für dich, Mom", flüsterte sie.

„Also. Rechter Arm, Kopf nach links, linker Arm, Kopf nach rechts", sagte Rae. „Anthony, hallo, hörst du überhaupt zu?"
„Rechter Arm, Kopf links, ja", antwortete er. Er war so sehr

damit beschäftigt gewesen, sie anzusehen, mit ihrem nassen Haar, das sich um ihr Gesicht kringelte, und den Wassertropfen, die auf ihrer Schulter glänzten, und ihrem Badeanzug ...

Rae schob sich durch das Wasser-Chlor-Gemisch des Schwimmbeckens näher an ihn heran. „Woran denkst du? Jedenfalls bestimmt nicht an meinen Schwimmunterricht."

Sie lächelte, und aus ihrem Lächeln schloss er, dass sie genau wusste, woran er dachte. Und dass es ihr gefiel. Was wirklich ungeheuer ablenkend war.

„Mach schon. Sag es." Sie legte ihre Arme um seinen Hals, und die alte Dame, die gerade eine weitere Bahn schwimmen wollte, sah sie entsetzt an.

„Ich habe gerade gedacht, dass du in diesem Badeanzug wahnsinnig gut aussiehst", antwortete Anthony. Er war sich ziemlich sicher, dass er sich verschluckt hätte, wenn er versucht hätte, von dem anderen zu sprechen.

„Oh, wirklich? Ich ..." Rae drehte ihren Kopf ruckartig nach links.

„Was ist denn?", hakte Anthony ein und suchte die Umgebung des Beckens mit den Augen ab.

„Nichts", antwortete Rae und ließ ihre Arme von seinem Hals gleiten. „Ich habe nur ... ich habe gedacht, ich hätte Yana gesehen. Aber es war bloß eine Frau mit einer weißen Bademütze. Sie hat kein bisschen Ähnlichkeit mit ihr."

Anthony sah zu der großen Uhr hinter dem Sprungturm.

„Ich brauche nicht mehr als eine halbe Stunde, um zu Yana zu fahren. Bis dahin müsste ihr Vater aufgestanden und fit sein. Sogar an einem Samstag. Es wird dir besser gehen, wenn wir irgendetwas tun, um Yana zu finden."
„Ja. Ja, du hast Recht", sagte Rae. Aber sie klang nicht allzu überzeugt. „Lass uns rausgehen. Ich friere schon."
Anthony war sich ziemlich sicher, dass die Schauder, die Rae überliefen, nichts mit der Wassertemperatur zu tun hatten. Aber er sagte es ihr nicht. Er folgte ihr über die Treppe am flachen Ende des Beckens hinaus aus dem Wasser und ging mit ihr zu den Liegestühlen, die am Beckenrand standen.
Rae nahm ihr Handtuch, beugte sich vor und begann ihre Haare zu rubbeln. „Wie ich wohl geworden wäre, wenn ich mit dem Gedanken hätte aufwachsen müssen, dass meine Mutter ermordet worden sei – anstatt eine Mörderin zu sein? Vielleicht wäre ich dann genau wie Yana."
„Was?", fuhr Anthony auf. Er konnte es kaum fassen. Er nahm ihr Kinn in seine Hand und hob sanft ihren Kopf, bis sie ihm in die Augen sah. „Denkst du wirklich, du hättest versucht jemanden zu töten – wenn du geglaubt hättest, dass deine Mutter umgebracht worden wäre?"
Rae biss sich auf die Lippen. „Ich wollte ja auch Steve Mercer umbringen, als ich herausgefunden hatte, dass er meine Mutter getötet hat", antwortete sie. „Wenn ich das mein ganzes Leben lang gewusst hätte, hätte ich ihn vielleicht eine halbe Million Mal mehr umbringen wollen."

„Gut. Das verstehe ich. Und ich hätte dir vielleicht dabei geholfen, wenn die Behörde ihn nicht aus dem Weg geräumt hätte. Aber ich möchte dich eins fragen: Nachdem Mercer nun tot ist, verspürst du vielleicht die geringste Lust herauszufinden, ob er ein Kind hatte und dieses Kind dann umzubringen?"

„Um Himmels willen! Natürlich nicht!", rief Rae aus.

„Das ist aber genau das, was Yana getan hat", erinnerte sie Anthony, der alle Mühe hatte, seinen Zorn unter Kontrolle zu halten. „Sie hat gedacht, deine Mutter hätte ihre Mutter umgebracht. Aber deine Mutter ist tot, darum hat Yana sich gedacht: ‚Auch egal, bringe ich eben die Tochter um. Und dann kann ich wieder glücklich sein.'"

„Okay, du hast ja Recht", antwortete Rae. „Es ist nur, dass ..." Sie sprach nicht zu Ende und begann sich die Wassertropfen von den Armen zu reiben. So fest wie sie rieb, schien sie sich auch noch eine Schicht Haut abreiben zu wollen.

„Es ist nur was?", hakte Anthony nach.

„Ich weiß auch nicht ... Am ersten Tag, als ich wieder in die Schule musste, hat sie mir Doughnuts gebracht, weil sie wusste, wie schrecklich es für mich werden würde", murmelte Rae.

„Dann haben wir also auf der einen Seite die Doughnuts." Anthony streckte seine linke Hand aus. „Und auf der anderen Seite haben wir ..." – er streckte die rechte Hand aus –, „dass Yana dich umbringen wollte." Er hob und senkte bei-

de Hände, als wenn er sie gegeneinander abwiegen wollte.
„Ich habe es verstanden", sagte Rae.
Anthony ließ seine Hände herabfallen. „Wirklich? Denn wenn nicht, wirst du nicht vorsichtig genug sein." Er wollte sie nicht verängstigen. Andererseits – vielleicht doch? Wenn es nötig war, damit sie gut auf sich aufpasste, dann wollte er es durchaus. „Genau in diesem Moment läuft Yana irgendwo frei herum und lässt sich etwas Neues einfallen, wie sie dich töten kann."
„Ich weiß. Ich habe es verstanden. In Ordnung? Ich habe es kapiert!", fauchte Rae. Sie wickelte sich ihr Handtuch um die Schultern. „Ich gehe mich umziehen."
„Wir treffen uns vor den Umkleiden", versprach Anthony.
„Bist du sicher, dass du nicht hereinkommen und mir beim Umziehen zusehen willst?", schoss Rae zurück.
„Ist das ein Angebot?", witzelte Anthony, und seine Fantasie begann sich schon in diese Richtung zu bewegen.
Rae grinste. „Nein. Tut mir Leid."
„Ich wollte dich vorhin nicht verärgern", sagte Anthony. „Ich weiß, dass du auf dich selbst aufpassen kannst. Ich habe nur ... Angst."
„Ja. Ich auch", gab Rae zu.

„Letzte Nacht habe ich von Steve Mercer geträumt", sagte Mandy. Sie zog ein altes Sweatshirt unter ihrem Kopfkissen hervor. Rae erkannte das Sweatshirt wieder – es hatte Mandys Mutter gehört. „Ich weiß noch nicht mal, wie der Typ aussieht, aber in dem Traum war ich mir ganz sicher, dass er es war. Und ich war eine Art Superheldin. Aber eine böse. Wie Catwoman, allerdings ohne diesen hautengen Anzug. Jedenfalls habe ich Mercer zu Boden gestoßen und immer wieder auf ihm herumgetrampelt. Bis Blut aus seinen Ohren kam." Mandy wischte sich mit beiden Händen ihr langes hellbraunes Haar aus dem Gesicht. „Ziemlich nett, was?"

„Ziemlich normal", antwortete Rae und dachte an das Gespräch, das sie mit Anthony im Schwimmbad geführt hatte.

„Dann wohnt also keine durchgeknallte Killerin in mir, die drauf und dran ist, ans Licht zu kommen?", fragte Mandy, ohne Rae in die Augen zu sehen.

„Wenn in dir jemand wohnen sollte, dann wohnt auch jemand in mir. Denn ich hatte ein paar ziemlich gemeine Fantasien darüber, wie man Mercer foltern könnte", beruhigte sie Rae. „Ich ... ich weiß, dass du und Yana und ich eine Menge gemeinsam haben. Mütter, die wegen der Gruppe umgebracht worden sind. Erbanlagen, die man durcheinander gebracht hat. Aber das heißt nicht, dass wir beide wie Yana werden."

Mandy drückte sich das Sweatshirt ans Gesicht, atmete tief ein und steckte es dann wieder zurück unter ihr Kopfkissen. „Als sie damals mit dir hier war, kam sie mir so nett vor. Ich hatte den Eindruck, dass sie alles unheimlich gut verstehen konnte – wie es mir mit dem Tod von meiner Mutter ging und so."

„Ich weiß. Mir ging es genauso. Als ich dachte, ich werde verrückt – bevor ich wusste, dass ich Fingerabdrücke lesen kann – war Yana ..." Rae zögerte. Sie dachte kurz an das Gespräch mit Anthony. Er hätte das, was sie sagen wollte, nicht hören wollen. Aber sie sagte es trotzdem. „Yana hat mir Halt gegeben. Wenn sie nicht gewesen wäre, wäre ich vollkommen durchgedreht."

„Dabei war doch alles nur ein riesiger Betrug, nicht wahr? Sie hatte es von Anfang an darauf abgesehen, dich in die Finger zu bekommen", sagte Mandy.

„Ja. Ich bin sicher, dass auch ihr Aushilfsjob im Krankenhaus nur ein Teil ihres Plans war", antwortete Rae. *Nur dass Yana so anständig gewesen war, ihr ...*

Stopp! Wann wirst du endlich einsehen, dass Yana dich eindeutig betrogen hat?, fragte sich Rae. *Warum versuchst du immer noch zu glauben, dass eure so genannte Freundschaft wirklich echt war?*

„Anthony wird sicher gleich hier sein, mit einem Kleidungsstück von Yana. Willst du mir noch ein paar Sachen von deiner Schwester geben? Damit ich darüber fühle, bevor er kommt?", fragte Rae, um mit allen Mitteln das Thema zu wechseln.

„Das wäre wirklich toll. Ich habe eine ganze Kollektion von Zekes Griffelabdrücken", antwortete Mandy. Sie sprang vom Bett und hob einen Schuhkarton vom Boden auf, wobei sie eine leere Eisschachtel mit einem Tritt aus dem Weg beförderte. „Hier", sagte sie und stellte den Karton neben Rae.

Rae holte ein Papiertaschentuch aus ihrer Tasche und wischte sich die Wachsschicht von den Fingern der rechten Hand, um die Fingerabdrücke lesen zu können. „Dann mal los", murmelte sie. Mit der linken Hand nahm sie eine Kaffeetasse aus dem Karton und fuhr dann mit den ungeschützten Fingern über die glatte Oberfläche des Porzellanbechers.

/ **Unterhosen trägt?** / **bitter** / **was hat** / **Vater zu Hause?** / **auf das Sofa** /

Rae stellte die Tasse ab. Der Geschmack abgestandenen Kaffees erfüllte ihren Mund. Und – oh Gott – sie fühlte sich ... geil. Das war das einzige Wort, das passte. Als wenn sie gerade eine Stunde lang mit Anthony herumgeknutscht hätte und ...

„Und?" Mandy schnipste mit den Fingern vor ihrem Gesicht herum. Dann sah sie ihre Finger an, als hätten sie ganz von selbst geschnipst. „Entschuldigung. Das war wohl ein bisschen ruppig. Aber was hast du denn herausgefunden?"

„Uah." Rae wollte Mandy lieber nicht sagen, dass Zeke darüber nachgedacht hatte, ob ihr Vater zu Hause war oder nicht – wahrscheinlich um der Frage auf den Grund zu gehen, ob Mandys Schwester Unterhosen trug. „Ich probier noch was anderes."

Rae zog eine leere Chipstüte aus der Schuhschachtel und fuhr mit den Fingern darüber.

/ Hosenstall? / Chipsfett / bei mir / der Reißverschluss / ich kann /

Mich wundert nur, dass ich nicht den Rauchmelder in Gang setze, dachte Rae. Ihr Atem ging heftig.

„Was ist?", fragte Mandy. „Es ist etwas Schlimmes, nicht wahr?"

„Nein", versicherte ihr Rae. „Er hat nur Sex im Kopf. Aber er ist eben ein Typ. Ich denke, die meisten Typen, mit denen Emma ausgeht, denken hauptsächlich an Sex."

„Und das ist alles? Nichts mit Dealerei? Nichts darüber, dass er laufend high ist, wenn er nicht gerade schläft?", fragte Mandy, und ihre Stimme wurde immer höher.

Rae schüttelte den Kopf. „Bis jetzt jedenfalls nicht. Ich bleibe aber dran." Sie nahm einen Stift – einen von den Dicken, die in zwanzig Farben schreiben – aus der Schachtel.

„Oh, warte mal, der ist von Emma", sagte Mandy. Ihre Stimme klang weit entfernt, verschwand fast unter dem Rauschen der fremden Gedanken.

/ seinen Namen? / Gänseblümchen / ohne Kirche / dreht durch / verheiratet /

Rae drehte den Stift ein wenig und fuhr mit den Fingern über eine andere Stelle. Ihre Hände zitterten von einer Begeisterung, die nicht ihre war.

/ durchbrennen / weiße Lochstickerei / warum noch die Schule

beenden? / Zeke kann doch / bald / bald / ohne Abschlussprüfung /

Mandy nahm Rae den Stift aus den zitternden Händen. „Diesmal ging es aber nicht nur um Sex, oder?", fragte sie vorsichtig.

Rae versuchte nicht zu grinsen. Schließlich ging es um eine ernste Angelegenheit. Aber Emmas Glück machte sie ganz albern. „Es sieht so aus, als ob ... Mandy, ich bin mir ziemlich sicher, dass Emma die Schule schmeißen will."

„Wie bitte?", schrie Mandy. „Das wäre ja der reine Wahnsinn! Ich habe dir doch erzählt, dass sie sich für dieses Stipendium halb umgebracht hat." Mandy warf den Karton auf den Boden. „Das ist nur wegen Zeke. Habe ich Recht? Er allein ist schuld daran."

„So ungefähr jedenfalls", gab Rae zu. „Ich glaube ... ich glaube, Emma ist drauf und dran, mit ihm durchzubrennen."

Kapitel Drei

Ich bin fast nie bei Yana zu Hause gewesen, wurde Anthony bewusst, als er durch den Vorgarten auf das Haus zuging. Und sie war auch nur ein oder zwei Mal bei ihm gewesen. Die meiste Zeit hatten sie in ihren Autos verbracht und für gewöhnlich herumgeknutscht.

Anthony verzog das Gesicht. Der Gedanke daran, Yana zu küssen, war wie Aufstoßen nach verdorbenem Essen und verursachte in seinem Mund einen sauren, widerlichen Geschmack. Wie hatte er nur so ein Idiot sein können? Yana hatte ihn vollständig ...

Die Haustür ging auf, und Anthony wurde aus seinen Gedanken gerissen. „Sie haben sich in der Tür geirrt", bellte Yanas Vater, der Anthony offensichtlich nicht wiedererkannte. Sein sandbraunes Haar stand in alle Richtungen ab, und seine Augen waren vom Schlaf noch halb zugeklebt. Er musste gerade aus den Federn gekrochen sein.

Ebenfalls guten Morgen, du Penner, dachte Anthony. „Ich bin ein Freund von Yana", erinnerte er ihn. Die Lüge weckte wieder den Geschmack an verdorbenes Essen. Er schluckte heftig und sprach dann weiter: „Sie hatte sich ein Englischheft von mir geliehen, und das brauche ich jetzt wieder. Ist sie vielleicht da?"

„Nein. Sie ist – weiß der Teufel, wo sie ist", antwortete Yanas Vater. Er schob sich die Ärmel hoch. „Aber eins kann ich dir sagen: Wenn sie sich irgendwann dazu entschließt, wieder aufzutauchen, wird sie nicht allzu viel zu lachen haben."

Dabei klang er eigentlich nicht so, als würde er sich überhaupt dafür interessieren. Was bei Anthony zu Hause wohl nicht wesentlich anders gewesen wäre, wenn er für ein paar Tage verschwunden bliebe. Nein, das stimmte nicht. Wenn Anthony von der Bildfläche verschwinden würde, würde das kleine Rattenpack laut schreien, weil es nichts zu essen bekam und man bei niemandem den Streit um die Fernbedienung petzen konnte. Seine Mutter und Tom würden sich zum ersten Mal als Eltern betätigen müssen. Darum würden sie ihn wohl vermissen. Seine Mutter würde vielleicht sogar heulen. Manchmal nannte sie ihn immer noch ihren Kleinen, obwohl Anthony schon siebzehn war.

„Schnucki, wo bleibst du denn?", rief eine Frau im Haus.

„Komme gleich", rief Yanas Vater zurück.

Das ist wohl der Grund, weswegen er sich nicht allzu große Sorgen zu machen scheint, dachte Anthony und versuchte sich nicht zu schütteln. *Er bleibt einfach im Bett, während sein Kind, wie er sagte, weiß der Teufel wo ist.*

Yanas Vater wollte die Tür wieder schließen.

„Warten Sie. Ich brauche dieses Heft ganz dringend", sagte Anthony schnell. „Kann ich nicht mal in ihrem Rucksack nachsehen? Es dauert nur eine Minute." Ohne ein Kleidungsstück von Yana würde er nicht wieder gehen. Er wollte das Mädchen finden – heute noch.

„Aber wirklich nur eine Minute!", entgegnete Yanas Vater. „Und mach die Tür zu, wenn du wieder gehst." Er trat zurück ins Haus. Anthony folgte ihm durch das Wohnzimmer und die Diele. Am Ende des Flurs ging Yanas Vater in ein Zimmer und schloss hinter sich die Tür.

Er hat noch nicht mal wissen wollen, ob ich sie irgendwo gesehen habe oder vielleicht wüsste, wo sie sich herumtreiben könnte, dachte Anthony. Dieser Typ war genau wie Tom. Nur dass er mit Yana auch noch blutsverwandt war. *Yana muss ...*

„Mensch, hast du jetzt etwa auch noch Mitleid mit ihr?", knurrte Anthony, angewidert von sich selbst. *Ihr Vater behandelt sie nicht gerade wie eine Prinzessin. So was aber auch! Trotzdem ist das keine Entschuldigung. Es gibt keine Entschuldigung für das, was Yana Rae angetan hat.*

Außer der Tür, durch die Yanas Vater verschwunden war, gingen noch zwei Türen vom Flur ab. Anthony versuchte es mit der Nächstbesten. Er hätte glauben können, dass es das Zimmer von Yanas kleiner Schwester war – nur dass Yana gar keine kleine Schwester hatte. Auf dem Bett lag eine pinkfarbene Tagesdecke. Eine Reihe abgenutzter Stofftiere saß säuberlich gegen ein aufgeschütteltes Kissen gelehnt. Wer hätte gedacht, dass die taffe Yana noch Stofftiere hatte? Vielleicht war sie gar nicht so taff ...

Hast du eigentlich Rührei im Kopf, oder was?, fragte sich Anthony. *Dieses Mädchen ist eine Mörderin. Oder sie hätte es zur Mörderin gebracht, wenn sie ein bisschen mehr Glück gehabt hätte. Daran ändert auch die Tatsache nichts, dass sie mit Pu dem Blöd-Bären schläft. Jetzt tu, was du tun musst, und mach dich dann wieder aus dem Staub.*

Anthony ließ seinen Blick durch den Raum wandern. Er suchte nach einem Shirt, das über einen Stuhl geschmissen war, oder nach einer Jeans, die zusammengeknüllt in der Ecke lag. Aber nichts. Er riss die Doppeltür von Yanas schäbigem Kleiderschrank auf. Sämtliche Klamotten hingen auf Bügeln. Und nirgends ein Sack für die schmutzige Wäsche. Anthony wusste nicht, ob Mandy Kleidung brauchte, die kürzlich getragen worden war, oder nicht. Er wandte sich um und riss die oberste Schublade von Yanas Kommode auf. Die Socken und die Unterwäsche, die darin lagen, waren viel zu ordentlich eingeräumt, um getragen worden zu sein. Die Kleider in den beiden nächsten Schubladen waren ebenfalls sauber. Anthony raffte ein T-Shirt, dann schob er sämtliche Schubladen wieder zu und schloss den Schrank. Wobei sich Yanas Vater wohl ohnehin nicht darum scheren würde.

Auf dem Weg nach draußen machte er noch einen kurzen

Abstecher ins Bad und warf einen Blick in den Wäschekorb. Jede Menge Klamotten von Yanas Vater, aber nichts von Yana. In der Küche stieß er auf eine Mini-Waschmaschine und einen Trockner, aber keine Klamotten.
Dann eben nicht. Das T-Shirt tat's auch. Das musste es jedenfalls.

„Und wenn sie schwanger ist?", fragte Mandy, während sie vor ihrem Bett auf und ab lief. „Das ist doch sicher der Grund, warum sie durchbrennen will, oder? Das ist ja eine Katastrophe! Mein Vater wird ausrasten. Er ist immer noch total ..." – Mandy wedelte hilflos mit den Händen in der Luft – „wegen meiner Mutter und ..." Die Klingel unterbrach sie.
„Das ist bestimmt Anthony. Soll ich aufmachen?", fragte Rae.
„Ja. Gern", antwortete Mandy. „Ich bin einfach ..."
Rae stand auf und schob Mandy sanft auf das Bett. „Setz dich. Ich bin gleich wieder da." Sie lief zur Tür und öffnete.
„Hast du vorher auch erst mal durch den Spion geguckt?", fragte Anthony.
„Ich wusste doch, dass du es bist", antwortete Rae.
„Das wusstest du nicht. Du hast nur gedacht, dass ich es sein müsste", entgegnete er, und seine dunkelbraunen Augen wurden noch dunkler. „Es hätte auch Yana sein können. In-

nerhalb von drei Sekunden könnte sie dich dazu bringen, Abflussreiniger zu schlürfen."

Bevor Anthony ihr weiter predigen konnte, reckte Rae sich, legte ihre Arme um seinen Hals und zog sein Gesicht an ihres heran. In dem Moment, in dem sich ihre Lippen berührten, spürte Rae den Kuss an ihrem ganzen Körper. Sie konnte die Wärme an ihrem Hals fühlen, an ihren Knien, ihren Zehen. Irgendwie war es, als könne er jeden Teil ihres Körpers küssen, ohne seine Lippen von ihren Lippen lösen zu müssen.

„Beim nächsten Mal guckst du aber durch den Spion", sagte Anthony, als er sie wieder losließ.

Rae nickte. Sie fühlte sich jetzt nicht in der Lage zu sprechen. Nicht so kurz nach diesem Kuss. Sie ging über den Flur voran zu Mandys Zimmer.

„Hast du etwas?", fragte Mandy, sobald sie Anthony sah.

Er hielt sich kurz das T-Shirt mit der Aufschrift „Jungen lügen" vor die Brust, dann warf er es ihr zu.

Mandy packte den Stoff mit beiden Fäusten und schloss die Augen. Ihre Stirn kräuselte sich. Sie drückte die Augen noch fester zu. Rae konnte sehen, wie sich die Spannung von ihren Gesichtsmuskeln über ihren Hals und ihre Schultern fortsetzte.

„Und?", fragte Anthony schließlich.

Mandy öffnete die Augen und schüttelte den Kopf. „Tut mir

Leid. Ich weiß auch nicht, woran es liegt. Aber ich ... es geht einfach nicht."

„Verdammt", stieß Anthony aus. Rae warf ihm einen eindringlichen Blick zu. Und er verstand die Nachricht. „Ich habe befürchtet, dass es so kommen würde", sagte er zu Mandy. „Ich konnte nichts Schmutziges finden. Ich meine, Klamotten, die Yana schon getragen, aber noch nicht wieder gewaschen hat. Du brauchst etwas, das nicht in der Wäsche war, richtig?"

„Ich weiß es nicht", gab Mandy zu. „Ich habe meine ... äh ... Dings ja noch nicht allzu oft ausprobieren können. Es macht mir irgendwie Angst", fügte sie entschuldigend hinzu. „Aber der Pulli von meiner Schwester kam ja auch nicht frisch aus der Wäsche, darum könnte es sein ..."

Mandy stand auf. „Kommt mal mit." Sie ging voraus in das Zimmer ihrer Schwester.

Dieses Zimmer hätte Rae immer wieder wahnsinnig machen können. Es war wie ein Tempel. Überall standen Bilder von Mandys und Emmas Mutter herum, und neben jedem ein kleiner Strauß Trockenblumen oder eine kleine Kerze. Rae konnte absolut verstehen, dass Emma ihre Mutter vermisste, um sie trauerte und den Verlust wie ein tiefes Loch in der Brust spürte. Aber wurde es nicht noch schlimmer, wenn man von all diesen Fotos umgeben war? Und überall dort, wo keine Bilder oder Blumen oder Kerzen standen, lagen Dinge, die Mandys und Emmas Mutter gehört hatten: Schmuck und Taschen und sogar ihr Führerschein.

„Vielleicht hast du Recht", sagte Mandy zu Anthony.

Rae riss ihre Aufmerksamkeit von den Gegenständen dieses Raumes los und bemerkte, dass Mandy eine Seidenbluse in der Hand hielt.

„Die hat Emma frisch aus der Reinigung geholt, und ich merke nichts." Mandy warf die Bluse auf Emmas Bett, dann zog sie einen BH aus der Kommode ihrer Schwester hervor.

Aus dem Augenwinkel blickte Rae kurz zu Anthony hinüber. Es war ein komisches Gefühl, dass er sich mit der Unterwäsche fremder Mädchen befasste. Auch wenn er den BH ja nicht richtig *befasste*. Aber immerhin sah er ihn an.

„Hiermit passiert auch nichts. Aber der ist ja auch sauber", verkündete Mandy. Sie schob den BH zurück in die Schublade. „Lasst mich noch eine Sache versuchen." Sie schlug die Bettdecke ihrer Schwester zurück, griff unter das Kissen und zog das Oberteil eines Pyjamas hervor. Sofort begann ihr Kopf vor- und zurückzupendeln. Und ihr gesamter Oberkörper. Ein Lächeln legte sich auf ihre Lippen, aber es galt nicht Rae und Anthony. Mandys Augen waren blank und leer.

Rae trat einen halben Schritt näher an Anthony heran, und er legte seinen Arm um ihre Schultern. Fünf oder sechs Sekunden lang sahen sie Mandy schweigend zu. Dann zuckte Mandys Körper zusammen, sie blinzelte, und Rae konnte deutlich erkennen, dass sie wieder in dieses Zimmer zurückgekehrt war – wo immer sie auch gewesen sein mochte.

„Gewaschen oder nicht gewaschen – darin besteht wohl der Unterschied", sagte Mandy und ließ den Pyjama zurück auf das Bett fallen. „Dieses Mal habe ich sie gesehen."

„Dann sind wir also aufgeschmissen", meinte Anthony. „Ich konnte bei Yana nichts finden, was nicht gewaschen war."

Rae fühlte, wie etwas in ihr aufstieg – aber sie war sich nicht sicher, ob es sich um Enttäuschung oder um Erleichterung handelte. „Was hast du denn gesehen, Mandy?", fragte sie, weil ihr wieder einfiel, dass Mandy sie gerade jetzt brauchte.

Mandy schüttelte den Kopf. „Es war ganz verrückt – für ein paar Augenblicke *war* ich meine Schwester. Als wenn ich in ihrer Haut gesteckt hätte. Sie war gerade mit Zeke im Virgin Megastore. Sie teilten sich einen Kopfhörer und hörten Afropop."

„Klingt doch nicht schlecht", meinte Anthony.

„Ich habe vorhin ein paar Fingerabdrücke gelesen", erklärte Rae sanft. „Es sieht ganz so aus, als wollte Mandys Schwester die Schule schmeißen und mit diesem Typen durchbrennen."

„Oh", machte Anthony. „Das ist natürlich nicht so gut."

Rae richtete ihre Aufmerksamkeit auf Mandy. „Wir sollten uns in diese Sache nicht so hineinsteigern. Emma hat darüber nachgedacht durchzubrennen. Okay. Aber jeder denkt mal über Dinge nach, die er dann doch nicht tut." *Nur dass der Gedanke, Zeke zu heiraten, sie sehr begeistert hat,* musste Rae innerlich anfügen.

„Stimmt", pflichtete Mandy bei. „Meinst du, dass du mehr herausfinden könntest, wenn du Fingerspitzenkontakt mit Zeke hättest? Vielleicht ist Emma die Sache mit ihm viel ernster, als sie es umgekehrt für ihn ist. Vielleicht würde er ausrasten, wenn er wüsste, dass sie mit ihm durchbrennen will."

Mandy sah Rae mit großen Hundebaby-Augen an. Mit großen, besorgten Hundebaby-Augen. Hatte Rae eine andere Wahl? „Wir können ja mal kurz bei Virgin vorbeifahren", sagte Rae. „Ich brauche sowieso ein paar neue CDs." Sie streichelte mit einem Finger über Anthonys Rücken. „Was meinst du?"

„Ihr beide könnt ja zu Virgin gehen", antwortete er. „Ich werde mal sehen, ob ich unseren Freund Aiden ausfindig machen kann."

„Wie das denn?", fragte Rae. „Wir wissen doch gar nicht, wo er jetzt wohnt. Und wir wissen auch nicht, wo er Yana festgehalten hat."

„Brauchst du Hilfe?", fragte Mandy, obwohl Rae wusste, dass es ihr auf den Nägeln brannte, sich um die Situation ihrer Schwester zu kümmern.

„Nein. Ich komme schon klar. Und außerdem würde man euch beide in die Läden, in die ich gehen muss, gar nicht hineinlassen. Nicht mit euren Milchgesichtern." Anthonys

Stimme klang frotzelnd, aber seine Hände ballten sich zu Fäusten zusammen – ein deutliches Zeichen, dass er unter Stress stand.
„Bist du sicher, dass du ...", begann Rae.
„Mach dir keine Gedanken", schnitt er ihr das Wort ab. „Du bist diejenige, die vorsichtig sein muss. Warst du mal mit Yana bei Virgin?"
Rae schüttelte den Kopf.
„Gut", sagte Anthony. „Dann bist du dort sicherer als an Orten, wo du schon mal mit ihr gewesen bist und wo sie vielleicht nach dir suchen würde. Ich werde dich jede Stunde auf deinem Handy anrufen und hören, ob alles in Ordnung ist."
Er ließ seinen Arm langsam von Raes Schulter sinken, und sie fühlte, wie sich ein Kältegefühl in ihrem Körper breit machte. Für ein paar Minuten hatte sie tatsächlich vergessen, dass Yana überall sein konnte.
Wobei das nicht richtig ist, dachte Rae. *Oder jedenfalls ist es nicht die ganze Wahrheit. Es stimmt, Yana kann im Moment überall sein. Aber gesteh dir eins ein: Wo immer sie auch ist – du weißt, dass sie dir laufend näher kommt.*

„Du schon wieder!"
Mr Pink – ja, er hatte wieder ein pinkfarbenes Hemd an – brauchte nur diese drei Wörter zu sagen. Und schon kam Anthony sich wieder wie ein Fünfjähriger vor, der sich in

seine Batman-Unterhosen gemacht hat. Was hatte dieser Typ nur an sich? Er war nichts weiter als ein dämlicher Buchmacher. Warum musste er Anthony bloß ansehen und ...

Reiß dich zusammen, befahl er sich. *Du bist wegen Rae hier. Denk daran!*

Anthony zog sich vom Tisch rechts von ihm einen Stuhl heran, stellte ihn neben Mr Pink und ließ sich darauf fallen. „Jawohl. Ich schon wieder. Mir gefällt es hier." Anthony winkte eine Kellnerin in ihrer knappen, kurzen Servieruniform – die alle Mädchen in der Wettkneipe *The Score* tragen mussten – herbei. Dann langte er über den Tisch, angelte sich die Olive aus Mr Pinks Martini und zerkaute sie.

Mr Pink sah äußerst amüsiert drein. „Willst du vielleicht wieder wetten – auf ein Rennen, das es gar nicht gibt?", fragte er.

Ein Erröten brachte Anthonys Wangen zum Glühen. Ein dämliches Erröten. Er hoffte, dass man es im dämmerigen Licht der Bar nicht sehen konnte. Das Licht kam hauptsächlich von den Dutzenden Fernsehern. „Ich bin hier, um nach Aiden Matthews zu suchen", verkündete Anthony.

„Ich hätte unser letztes Gespräch aufnehmen sollen", sagte Mr Pink gelangweilt. „Da ich es aber nicht getan habe und du nicht intelligent genug aussiehst, um dich daran erinnern zu können, werde ich es dir noch einmal persönlich sagen: Aiden Matthews ist nicht hier."

„Ja, das habe ich bemerkt", antwortet Anthony. „Aber zwanzig Minuten nachdem ich letztes Mal hier gewesen bin, war mir Aiden auf den Fersen. Er hatte gehört, dass ich ihn suchte. Was meinen Sie, wie er davon gehört haben könnte?"

„Durch ein kleines Vögelchen?", schlug Mr Pink vor.

„Durch ein pinkfarbenes kleines Vögelchen", ergänzte Anthony. „Ich will wissen, wo er ist. Und zwar auf der Stelle."

Anthony hatte das Zeichen nicht gesehen. Aber es musste eins gegeben haben. Denn einen Augenblick später wurde er von seinem Stuhl gezerrt, von einem Typen, der aussah wie ein Wrestler auf einem der Sportkanäle. Wrestle-King schleifte ihn unter dem Gejohle und Applaus sämtlicher Anwesender aus der Bar. „Welches ist dein Auto?", fragte der Wrestler, als sie zum Parkplatz kamen.

„Der Hyundai", knurrte Anthony. Was hätte es gebracht, die Angelegenheit zu verlängern?

„Okay. Dann sei ein guter Junge und steig in deinen Hyundai. Ich sehe dir zu, wie du wegfährst", sagte der Typ. „Und wenn ich dich noch einmal im selben Raum mit meinem Chef erwische, trete ich dich in den Arsch, dass du über die Staatsgrenze fliegst."

Anthony folgte seinen Befehlen und stieg ins Auto. Er wollte gerade die Tür zuschlagen, aber der Wrestler hielt sie fest.

„Warst du schon mal im *Elbow Room*?", fragte er.

„Im *Elbow Room*?", wiederholte Anthony. Er hatte sich im

Kopf auf eine kleine Verteidigungshandlung eingestellt. Eine Frage hatte er nicht erwartet.

„Dann guck mal vorbei. Das ist eher dein Laden." Danach schloss er an Anthonys Stelle die Tür und winkte ihn weg.

Anthony sah ihn einen Moment lang an, um die Sache noch zu verdauen, dann setzte er rückwärts aus der Parklücke und rauschte vom Parkplatz. An der nächsten Tankstelle, an der er vorbeikam, hielt er an und erkundigte sich nach dem *Elbow Room.*

Unglaublich! Mr Pinks Gorilla hat mir einen Gefallen getan, dachte Anthony, während er in den Stadtteil Little Five Points fuhr, wo sich die Kneipe befinden sollte. *Sofern es wirklich ein Gefallen war und ich nicht gleich einem Haufen Rausschmeißern mit Baseballschlägern gegenüberstehe.*

Als er aber die heruntergekommene kleine Bar gefunden hatte, standen nur ein paar Autos auf dem Parkplatz. Und keine Rausschmeißer. *Vielleicht hat Wrestle-King kürzlich erfahren, dass er einen Tumor hat oder so etwas,* dachte Anthony. *Vielleicht will er noch ein paar gute Taten vollbringen, bevor er ins Gras beißt. Aber wie auch immer. Sofern ich den Typen jemals wiedersehe, bin ich ihm etwas schuldig.*

Anthony stieg aus dem Auto und schlenderte ins *Elbow Room.* Die Kneipe war nicht im Entferntesten so aufgemotzt wie *The Score.* Keine hübschen Kellnerinnen. Und es roch, als hätte jemand vor nicht allzu langer Zeit in eine Ecke gekotzt. Aber Anthony kam ja nicht wegen der Atmosphäre hierher. Er blinzelte ein paar Mal, bis sich seine Augen an die Dunkelheit in der Kneipe gewöhnt hatten, dann ließ er seinen Blick durch den Raum schweifen und musterte jede der verschwommenen Gestalten, die an der Bar hockten.

Kein Aiden. Verdammt. Er suchte die Tische ab. Die meisten waren unbesetzt. An einer Wand, ganz hinten, versuchte ein Typ eine Frau anzumachen. Und an dem Tisch, der gleich neben der Tür stand, versuchte ein Mann eine Pyramide aus Schnapsgläsern zu bauen. Aber das war es auch. Kein Aiden.

Dann ist es wohl mal wieder Zeit, mit einem weiteren Barkeeper Freundschaft zu schließen, dachte Anthony. Er zog einen Zwanziger heraus und ging zur Bar. Plötzlich bemerkte er links von sich den Schatten einer Bewegung. Er blickte hinüber und sah, dass Aiden gerade aus der Herrentoilette kam.

Vielen Dank, geheimnisvoller Bodyguard, dachte Anthony, während er auf Aiden zuging.

„Ich habe dir nichts zu sagen“, meinte Aiden.

„Dann hör mir einfach zu“, sagte Anthony. Er hatte sich eine Liste mit allem Möglichen zurechtgelegt, warum Aiden Rae etwas schuldete. Angefangen von der Tatsache, dass die Behörde, zu der Aiden gehört hatte, Schuld an dem Tod von Raes Mutter hatte. Aber als er jetzt vor Aiden stand, entglitt die Liste seinem Hirn. „Ich will sie nicht verlieren, kapiert?“, platzte er hervor. „Sie ist ... Rae ist ... verdammt. Sie bedeutet mir einfach alles. Was sie getan hat ... was sie ...“

Anthony atmete tief durch. Er klang wie der letzte Idiot. „Wenn du mir nicht hilfst, Yana zu finden, muss Rae vielleicht sterben. Und das ..." Er atmete wieder ein, versuchte die Wörter zu finden.
Aiden machte sich nicht die Mühe zu warten. Er drehte sich um und verließ die Bar.

Kapitel Vier

Rae, halt an!", sagte Mandy.

„Wir sind gleich da", antwortete Rae, ohne zu ihr zu sehen. Sie hatte noch immer viel zu wenig Fahrpraxis, um woandershin als auf die Straße sehen zu können.

„Halt an. Bitte! Halt an!" Mandys Stimme schraubte sich zu einem hysterischen Kreischen empor.

Rae riskierte einen Blick und spürte, wie ihr Magen von Säure durchflutet wurde. Mandys Gesicht war blutleer. Sie sah aus, als würde sie jeden Moment umkippen.

„Blinker", murmelte Rae. „Blinker, Blinker." Sie schaltete den Blinker ein und sah über ihre Schulter. „Siehst du meinen Blinker?", rief sie dem Auto hinter ihnen zu. Jemand hupte, aber Rae kümmerte sich nicht darum. Sie verlangsamte das Tempo und starrte den Typen auf der Nebenfahrbahn so lange an, bis er sie hinüberließ. Dann blieb sie neben dem Bürgersteig – okay, halb darauf – stehen. „Was ist denn? Was ist denn los?", fragte sie und fasste Mandy an der Schulter.

Mandy antwortete nicht, aber Rae bemerkte, dass sie das Pyjamaoberteil, das sie in den Händen hielt, fester umklammerte. Ihre Nägel hatten schon begonnen, den zarten Stoff zu zerreißen. „Ist es wegen deiner Schwester?", fragte Rae.

„Mit meinen Augen stimmt etwas nicht", brachte Mandy hervor. „Rae, ich glaube ... ich werde blind."

„Wie bitte?", rief Rae aus.

„Ich kann ganz plötzlich nur noch in zwei Kreisen sehen – wie in zwei Scheinwerfern. Alles andere ist total dunkel." Mandys Stimme zitterte so heftig, dass Rae sie kaum verstehen konnte.

„Ganz plötzlich?", wiederholte Rae. „Hast du so etwas schon mal erlebt?" Ihre eigene Stimme zitterte ebenfalls ein bisschen, obwohl Rae sich alle Mühe gab ruhig zu bleiben.

„Noch nie", antwortete Mandy. „Ich habe meine Schwester – du weißt schon – *gesehen,* und als ich *zurückkam,* war überall diese Dunkelheit."

„Hast du einen Augenarzt?", fragte Rae. „Ich kann dich gleich hinbringen. Oder zur Notaufnahme ins Krankenhaus."

Mandys Gesicht wurde noch blasser – sofern das möglich war. „Wenn mir etwas passiert, wird mein Vater verrückt. Nach der Sache mit meiner Mutter. Und wenn Emma mit Zeke durchbrennt. Dann wird er auch verrückt", stieß Mandy in einem Rutsch aus, ohne auf Raes Frage einzugehen. Sie rieb sich heftig mit den Fäusten die Augen.

„Lass das. Bitte, lass das. Es bringt nichts", befahl Rae. Sie

fasste Mandy am Handgelenk und zog ihr die Hände von den Augen.
„Es ist, als wenn alles dunkel wäre, und dann sind da zwei Scheinwerfer, und ich kann nur das sehen, was sich im Licht befindet", sagte Mandy, und ihre Hände zitterten in Raes Händen. „Was hat das zu bedeuten? Was ist mit mir los?"
„Und das hast du vorher noch nie gehabt?", fragte Rae. Sie wusste, dass sie sich wiederholte, dass Mandy diese Frage bereits beantwortet hatte. Aber es war einfach zu bizarr, dass so etwas aus heiterem Himmel passierte. Oder nicht?
„Nein. Noch nie", antwortete Mandy, und ihre Stimme wurde immer höher. Es war klar, dass sie Angst hatte. „Das habe ich dir doch schon gesagt."
„Hast du dir heute irgendwie den Kopf gestoßen oder ..." Eine andere einleuchtende Erklärung fiel Rae einfach nicht ein. Was Mandy beschrieb, war so seltsam. Sie lockerte ihren Griff um Mandys Hand.
„Nein", sagte Mandy. „Du warst doch fast den ganzen Tag mit mir zusammen. Ich habe nur in meinem Zimmer gesessen."
Raes Blick fiel auf das Pyjamaoberteil, und es war fast, als wenn es in ihrem Gehirn „Klick" machte.
„Wie oft hast du heute deine Gabe eingesetzt, um deine Schwester zu sehen?", fragte Rae. „Ich meine, allein im Auto waren es doch schon fünf Mal, nicht wahr?"
Mandy runzelte die Stirn. „Kann sein. Immer wenn ich den

Pyjama loslasse und ihn dann wieder anfasse, bin ich einmal hier, einmal dort. Manchmal habe ich gar keinen Einfluss darauf. Darum ist es vielleicht mehr als fünf Mal. Ich wollte wissen, ob sie noch im Virgin ist. Obwohl es Blödsinn ist, das alle dreißig Sekunden zu überprüfen."

„Dann muss es daran liegen", murmelte Rae.

„Wie daran? Was ist es denn?", fragte Mandy, und die Ungeduld in ihrer Stimme wandelte sich wieder in reine Angst.

„Bei mir gibt es einen Nebeneffekt, wenn ich Fingerspitzenkontakt habe", erklärte Rae.

„Stimmt. Du hast gesagt, du bekommst taube Stellen", sagte Mandy.

„Ja. Und vielleicht passiert mit deinen Augen ja das Gleiche. Denn diese beiden kleinen Sehkreise – das ist schon komisch. So komisch, dass es komischerweise logisch sein könnte, wenn es ein Nebeneffekt der Anwendung deiner Gabe wäre. Wenn es das ist – und wenn es so ist wie bei mir –, müsste es ziemlich schnell wieder vergehen. In weniger als einem Tag."

„Meinst du wirklich, dass es das sein könnte?", fragte Mandy.

„Immerhin wäre es doch logisch, findest du nicht?", meinte Rae. „Vielleicht solltest du ein paar Stunden abwarten, ob du vielleicht wieder besser siehst, bevor du zum Arzt gehst. Die Leute sollen doch nicht denken, es könnte etwas psychisch Bedingtes sein. Glaub mir, die Psychiatrie ist wirklich kein

Ort, wo man sich gern aufhält." Sie ließ Mandys Handgelenke los. „Was hältst du davon, wenn ich dich nach Hause bringe? Wir können eine Weile abwarten und sehen, ob ich Recht habe."

„Wir sind doch schon fast bei Virgin. Und ich möchte unbedingt, dass du versuchst, etwas über Zeke herauszufinden. Und wenn mein Augenproblem wirklich das ist, was du vermutest, spielt es doch keine Rolle, was ich tue, oder?" Mandy schüttelte ihre Hände aus, dann strich sie sich ihr langes Haar aus dem Gesicht.

„So lange du deine Gabe nicht einsetzt", stimmte Rae zu.

Mandy reichte Rae das Pyjamaoberteil hinüber und ließ es schnell in ihren Schoß fallen, bevor sie wieder mit ihrer Schwester in Kontakt geriet. „Ich sehe jedenfalls gut genug, um nicht gegen die nächste Wand zu rennen. Also – fahren wir."

Rae legte den Pyjama auf den Rücksitz des Autos ihres Vaters. „Na gut", antwortete sie. „Aber wenn es schlimmer wird oder dir schwindelig wird oder sonst etwas ..."

„Dann werde ich es dir sagen, und wir fahren auf der Stelle nach Hause", versprach Mandy.

Sollte ich sie vielleicht doch lieber zu einem Arzt bringen?, überlegte Rae, als sie den Blinker setzte, um sich wieder in den fließenden Verkehr einzufädeln. *Wenn ich das, was mit ihr los ist, falsch eingeschätzt habe? Wenn zum Beispiel ein Gefäß in ihrem Kopf dabei ist zu platzen?*

Durch Raes Kopf geisterte ein Bild – Mandy in Raes altem Zimmer im Krankenhaus. Das könnte passieren. Wenn Mandy anfing, über zeitweilige Blindheit zu plappern, vor allem, wenn sie Angst hatte und deswegen ein Wort über ihre Gabe verlor. *Wir werden erst mal ein paar Stunden abwarten, ob es besser wird,* rief Rae sich ins Gedächtnis. Sie beobachtete den Verkehr in der benachbarten Spur. Als alles frei war, fuhr sie langsam zurück auf die Straße.

„Tut mir Leid, dass wir so weit weg geparkt haben", sagte sie zu Mandy, nachdem sie die letzten drei Blocks zum Virgin Megastore entlanggefahren war und das Auto in eine Lücke an der Rückseite des Parkplatzes manövriert hatte. „Ich kann noch nicht besonders gut fahren. Ich habe lieber auf beiden Seiten Platz."

„Macht ja nichts." Mandy stieg aus dem Auto.

Rae stieg ebenfalls so schnell wie möglich aus und lief zu ihr. „Wie fühlst du dich, wenn du stehst? Alles klar?", fragte Rae.

„Alles klar", antwortete Mandy. „Und ich glaube, die Kreise werden schon größer. Ich kann ein bisschen besser sehen."

„Super, klasse!", rief Rae aus. „Meinst du, du schaffst es über den Parkplatz?"

„Ich nehme dich als Blindenhund. Für den Fall der Fälle." Mandy hielt sich mit beiden Händen an Raes Arm fest.

„Und los geht's", sagte Rae, als sie sich auf den Weg über den Parkplatz machten. Rae ging langsam, damit sie Mandy

nicht gegen ein parkendes Auto stieß. Schließlich erreichten sie die großen Eingangstüren, und Rae schob Mandy in das Gebäude.
Sofort begann Mandy den Kopf hin und her zu drehen und nach ihrer Schwester Ausschau zu halten.
„Ich helfe dir", bot Rae an. „Wie sieht Emma denn aus?"
„Ungefähr so wie ich", antwortete Mandy. „Dieselbe Haarfarbe, aber ein ziemlich kurzer Pagenschnitt. Braune Augen, wie ich. Aber größer. Und hier mehr." Mandy deutete auf ihre Brust. „Und Zeke – er hat längeres Haar als Emma, aber auch braun. Was für eine Augenfarbe er hat, kann ich gar nicht sagen. Weil er ja die meiste Zeit in Emmas Gesicht starrt. Und er ..."
„Ich glaube, ich sehe sie schon." Rae fasste Mandy an den Schultern und drehte sie leicht nach links. „Auf der nächsten Etage da oben. Sind sie das?"
Mandy neigte ihren Kopf vor und zurück. Rae konnte sich denken, dass sie versuchte, ihre sehenden Flecken auf sie zu richten. Dann nickte sie, und ihr Mund wurde schmal. „Das sind sie. Lass uns zu ihnen gehen."
Rae brachte sie zur Rolltreppe. Als sie oben waren, manövrierte Rae sie zu Emma und Zeke.
„Hallo", sagte Mandy, und ihre Stimme klang ziemlich laut. „Was macht ihr beiden denn hier? Mit euch habe ich ja gar nicht gerechnet."
Nicht besonders elegant, dachte Rae und hängte sich ein

Lächeln ins Gesicht. „Hallo, ich bin Rae. Eine Freundin von Mandy."

Emma warf ihr einen Blick zu, als wollte sie sagen: Warum bist du mit einer Vierzehnjährigen befreundet? Und Zekes Augen, die ein wenig zu glänzend schienen, wanderten gemächlich ihren Körper hinunter und wieder herauf.

Ich sollte es einfach gleich hinter mich bringen, dachte Rae. Sie nahm Emmas Hand und schüttelte sie – wobei sie sich wie der letzte Idiot vorkam. Denn wer schüttelte schon Hände? Dann nahm sie Zekes Hand und ließ ihren Griff langsam hinabrutschen, sodass ihre Fingerspitzen Kontakt mit seinen bekamen.

Und sie befand sich in einer Blase. In einer mit einer Flüssigkeit gefüllten Blase. Die limonengrünen Wände waren durchsichtig, und dort draußen sah alles so ... so hübsch aus. So unglaublich hübsch. Und limonengrün. Und irgendwie gedehnt. Sieh nur! Da drüben befand sich ein lang gedehntes Eichhörnchen. Sieh nur, wie sich sein Schwanz reckte und reckte und reckte, sich dehnte und verformte, als wenn nicht das kleinste Knöchelchen in ihm steckte.

Das Eichhörnchen wandte ihr seinen Kopf zu. Seine Augen waren ebenfalls gedehnt. Sie traten hervor, ganz, ganz weit. Bis es so aussah, als wollten sie herausspringen. Wenn sie heraussprangen, würde Raes Blase zerplatzen. Das wusste sie. Sie war sich ganz sicher. Und das Eichhörnchen wusste es auch. Aber das Eichhörnchen wollte, dass genau das ge-

schah. Denn das Eichhörnchen wusste, dass Rae sterben musste, wenn ihre Blase zerplatzte. Und das Eichhörnchen, dieses hübsche Eichhörnchen, es wollte, dass sie starb.
Seine Augen traten noch weiter hervor, wie zwei Wasserballons, die an einem Kran gefüllt wurden, voller und voller und praller und praller. Sie würden platzen. Sie würden platzen.
Peng!
Rae blinzelte, und die Welt bekam wieder ihre normale Farbe. Mandys Hand hielt Raes Hand. *Sie muss sie von Zeke weggezogen haben,* dachte Rae. An dem misstrauischen Blick, den Emma ihr schenkte, und an dem Grinsen auf Zekes Gesicht konnte Rae ablesen, dass sie seine Hand ein wenig zu lang festgehalten hatte. Vielleicht sogar viel zu lang. Zum Glück hatte Mandy den Kontakt unterbrochen. Wenn dieses Eichhörnchen – *Dieses Eichhörnchen gab es gar nicht,* rief sie sich ins Gedächtnis.
„Ich muss mal aufs Klo. Kommst du mit, Rae?“, sagte Mandy.
„Wir wollen gerade gehen. Wir sehen uns zu Hause“, sagte Emma zu ihrer Schwester.
„Oh. Ach ... äh, Rae und ich haben gedacht, wir könnten uns eine Pizza holen, in deinem Lieblingslokal, auf der anderen Straßenseite. Wollt ihr ...“
„Wir haben schon gegessen“, sagte Emma mit kühler Stimme.

Anscheinend denkt sie, ich hätte mit ihrem Vielleicht-bald-Ehemann geflirtet, dachte Rae.

„Bis zu Hause also“, verabschiedete sich Emma.

„Okay“, sagte Mandy. Sie ließ Rae zu den Toiletten vorangehen.

Sobald sie im Waschraum waren, lehnte Rae sich über das erstbeste Waschbecken und spritzte sich kaltes Wasser ins Gesicht. Sie wollte sich die Erinnerung an dieses böse, beängstigende Eichhörnchen aus dem Kopf waschen. Wobei das Wasser wohl kaum den Weg von ihrem Gesicht zum Hirn finden würde, aber irgendwie half es doch.

Rae richtete sich auf und griff nach einem Papierhandtuch. Während sie sich abtrocknete, merkte sie, dass sich über ihrer linken Augenbraue eine taube Stelle bildete. *Ob ich innerlich wohl auch taube Stellen bekommen kann? Auf der Leber zum Beispiel, oder auf den Nieren oder ...*

„Und?“, fragte Mandy und hüpfte schon fast vor Ungeduld.

„Allzu viel habe ich leider nicht mitbekommen“, gab Rae zu. Sie konnte Mandy nicht anlügen, obwohl es ihr fast lieber gewesen wäre. „Ich bin mir ziemlich sicher, dass Zeke auf einem ordentlichen Drogen-Trip war. Ich habe nur einen Haufen psychedelischen Mist aufgenommen. Tut mir Leid.“

„Macht ja nichts“, antwortete Mandy. Ihre Stimme klang dünn, und insgesamt wirkte sie irgendwie ausgepumpt.

Raes Brust verengte sich. Dieses Mädchen, das sie kaum

kannte, hatte so viel für sie getan. Rae musste einen Weg finden, um sie auf keinen Fall im Stich zu lassen.

„Hier links. Und dann auf den Parkplatz vor der Zahnarztpraxis", gab Aiden Anweisung.
Anthony folgte wortlos. Während der Fahrt hatten sie kaum gesprochen. Aiden hatte ihm immer nur gesagt, wo er abbiegen musste. Sonst nichts. Aber das störte Anthony nicht. Wichtig war allein, dass Aiden bei ihm im Auto saß. Punkt. Er konnte es immer noch kaum glauben, dass Aiden ohne weiteres den *Elbow Room* verlassen hatte, zu Anthonys Hyundai gegangen war und eingestiegen war.
„Hier ist es. Hier habe ich sie festgehalten", sagte Aiden. Er stieg aus. Anthony stieg ebenfalls aus und folgte ihm zur Praxistür.
„Eine Zahnarztpraxis. Gute Tarnung. Da hat sich sicher niemand gefragt, woher die Schreie kamen", witzelte Anthony.
Aiden gestattete sich weder ein Grinsen noch rang er sich ein „Ha" ab. Er schloss nur die Tür auf und trat als Erster ein.
„Du wirst enttäuscht sein", sagte Aiden, als er die Tür hinter Anthony wieder abschloss. „Hier gibt es nichts zu sehen."
„Als du dein Haus verlassen hast, hast du doch auch gedacht, du hättest keine Spuren hinterlassen. Erinnerst du dich? Aber um dich im *The Score* ausfindig zu machen, musste man nur einmal auf die Wahlwiederholung drücken", antwortete Anthony.

„Yana hatte aber kein Telefon im Zimmer", antwortete Aiden. „Und außerdem stand sie die ganze Zeit unter Drogen."
„Aber nicht genug, um nicht abhauen zu können", gab Anthony zurück. Darauf wusste Aiden keine Antwort. Er führte Anthony nur einen kargen Flur mit hellgrünen Wänden entlang.
„Hier ist es." Aiden blieb vor einem großen Glasfenster stehen. Die Scheibe war mit quadratisch gewobenen Metallfäden verstärkt.
Anthony warf einen Blick hinein. Das Zimmer war leer – bis auf ein Bett mit einer einfachen blauen Decke, einer frei stehenden Toilette und einem Waschbecken. „Kann ich mal hinein?"
Aiden nickte, und Anthony betrat das Zimmer. Als Erstes riss er die Decke vom Bett und schüttelte sie aus. Er nahm das Kissen aus dem Bezug und stülpte den Bezug um. Er betastete die Füllung, hoffte einen kleinen Riss zu finden, der ein Hinweis darauf hätte sein können, dass etwas darin versteckt war. Aber es fühlte sich glatt und weich an unter seinen Fingern.
„Weiter", knurrte er, während er die Matratze hochhob. Es befand sich nichts darunter. Er legte sich auf den Bauch und sah unter dem Bett nach. Sauber. Weil er gerade dort unten war, sah er sich den Fußboden an. Glattes Linoleum. Keine Löcher. Keine Markierungen von Stiften oder so. Mist.
Anthony stand auf und sah zur Decke. Keine Balken, die

man hätte herausnehmen und wieder einsetzen können. Aiden hatte Recht. Hier gab es nichts. Und selbst wenn Yana irgendwo einen Fingerabdruck hinterlassen hatte, den Rae hätte lesen können – sie wussten ja schon, dass Yana ihre Gedanken blockieren konnte. Es hatte keinen Sinn, Rae hierher zu schleppen. „Es gab also einen Kurzschluss, und sie ist einfach aus der Hintertür gelatscht. Richtig? Obwohl sie bis oben hin voll mit Drogen war?"

„Ja", antwortete Aiden. Der Bastard half ihm nur so viel, wie er musste. Gut. Sei's drum. Anthony hatte ihn gebraucht, um hierher zu finden. Und sonst brauchte er nichts mehr. Im Moment jedenfalls.

Anthony öffnete die Hintertür und trat nach draußen auf eine Gasse, die etwa die Breite einer Wagenlänge hatte. Auf einer Seite der Tür stand ein Müllcontainer. Er war leer. „Welches öffentliche Verkehrsmittel ist hier als Nächstes zu erreichen?", fragte Anthony. „Ein Bus? Oder eine Bahn?"

„Die Busstation liegt etwa eine halbe Meile weit entfernt", antwortete Aiden von drinnen. „Östliche Seite der Hillary Avenue nach Curtner. An der Ecke."

„Dann gehe ich da jetzt hin. Kommst du mit oder bleibst du hier?" Anthony beugte sich durch die Tür und sah Aiden an.

„Ich bleibe hier", antwortete Aiden.

„Soll ich eigentlich mit sämtlichen Buchmachern der Stadt Freundschaft schließen, um herauszufinden, wo du bist,

wenn ich dich brauche? Oder spuckst du vielleicht mal eine Adresse aus?"
Aiden antwortete nicht. Anthony verschränkte seine Arme und wartete.
„Ich denke, für die nächsten paar Tage werde ich erst mal hier bleiben", antwortete Aiden. Er strich sich eine lose Haarsträhne zurück in seinen Pferdeschwanz. „Hier ist es so sicher wie woanders auch."
„Falls du es dir überlegst und umziehst – dann will ich von dir hören", sagte Anthony. „Du schuldest Rae etwas. Wie du weißt."
Aiden nickte. Aber das hieß überhaupt nichts. Anthony blickte ihm einen Moment lang in die Augen, versuchte herauszufinden, ob er diesem Typen vertrauen konnte. Aiden machte es ihm nicht gerade leicht. Aber dagegen konnte Anthony nichts machen. Er konnte ihn ja nicht mit Handschellen an sich ketten, bis die Angelegenheit mit Yana abgehakt war. Wenn Anthony es allerdings gekonnt hätte, dann hätte er es getan.
Ohne sich groß zu verabschieden, machte Anthony sich auf den Weg durch die Gasse.
„Warte!", rief Aiden. Anthony wandte sich um, und Aiden warf ihm ein Päckchen Streichhölzer zu. „Da steht die Nummer drauf. Nur für den Fall."
„Danke", sagte Anthony. Aiden verschwand wieder nach drinnen. Anthony sah ihm ein paar Sekunden lang nach,

dann drehte er sich um und schlug den Weg zum Parkplatz ein. Er stieg in den Hyundai und fuhr auf dem schnellsten Weg zur Busstation. *Wenn Yana dort war, muss sie jemand bemerkt haben,* dachte er, als er wieder aus dem Auto stieg, zur Haltestelle ging und sich dort an der kürzesten Fahrkarten-Schlange anstellte. Yana sah ja nicht gerade unauffällig aus, mit ihren blond gebleichten Haaren und dem Tattoo auf dem Bauch.

Mach schon, mach schon, mach schon, drängte er wortlos den Typen, der vor ihm stand und sorgfältig sein Wechselgeld zählte. Der Mann verstaute das Geld in seiner Brieftasche – es wirkte wie in Zeitlupe – dann machte er endlich das Verkaufsfenster frei. Anthony trat vor und knallte ein Foto von Yana, das Rae ihm gegeben hatte, auf den Tresen. „Haben Sie vielleicht dieses Mädchen hier gesehen? Die Blonde, nicht die mit den braunen Haaren?", fragte er.

Die Fahrkartenverkäuferin sah sich das Foto einen Moment lang an, dann nickte sie. Anthony fühlte einen Adrenalinstoß, und er beugte sich vor, um zu hören, was die Frau zu sagen hatte. „Als ich letzte Nacht um zwölf meinen Dienst begonnen habe, hat sie da drüben auf der Bank geschlafen", sagte sie und deutete auf eine Holzbank, die in der Nähe stand. „Fast wäre ich zu ihr gegangen und hätte sie aufgeweckt. Das ist hier für eine Frau nicht der richtige Platz zum Schlafen. Und wenn man so jung ist wie sie – vollkommen unmöglich."

„Und dann?", fragte Anthony, ohne das Drängende in seiner Stimme unterdrücken zu können. „Ist sie dann doch gegangen, oder was?" Er hätte am liebsten geschrien, aber wenn er das getan hätte, hätte die Frau wahrscheinlich wenig Lust gehabt, ihm zu helfen. Darum versuchte er, besorgt um Yana zu klingen. Etwa wie ein großer Bruder.

„Nein. Heute Morgen hat sie ein Ticket bei mir gekauft. Als ich gerade Schichtende hatte."

„Wohin denn? Wissen Sie das noch?", fragte Anthony.

„Nach Atlanta. Wie etwa die Hälfte der Leute, denen ich Tickets verkaufe", antwortete die Frau. Sie schob sich einen Streifen Zimtkaugummi in den Mund.

„Dann ist sie also schon da?" Anthony hielt sich mit beiden Händen am Tresen fest.

„Ja", sagte die Frau und kaute in aller Gemütsruhe. „Müsste sie jedenfalls. Schon seit Stunden."

Verdammt. Verdammt. Yana ist da. Und ich bin hier. Und Rae hat niemanden, der sie beschützt.

Auf Zehenspitzen schlich Rae über den Rasen des Vorgartens. Das taufeuchte Gras fühlte sich unter ihren Füßen kühl und glatt an. Bevor sie die Hälfte der Strecke bis zum Bürgersteig hinter sich gebracht hatte, stieg Anthony aus dem Auto. Er rannte auf sie zu, als sei sie Torhüter auf einem Footballfeld. „Was ist passiert?", fragte er, und seine Stimme klang leise und eindringlich.

„Nichts. Jedenfalls nichts Schlimmes", antwortete Rae schnell. „Aber wenn du die ganze Nacht auf mich aufpassen willst, kannst du genauso gut hereinkommen. Andernfalls wird dich dein Rücken morgen umbringen. Und der Trainer wird sauer sein."

Der Trainer war Rae eigentlich vollkommen egal. Aber sie wollte nicht einfach sagen: „Hallo, Anthony, willst du nicht hereinkommen und die Nacht in meinem Zimmer verbringen?"

„Und was ist mit deinem Vater?", fragte Anthony blinzelnd.

Rae tastete sich mit ihren feuchten Füßen auf die Oberseite seiner trockenen Turnschuhe und schlang ihre Arme um seine Hüfte, um nicht aus dem Gleichgewicht zu geraten. „Der schläft. Und zwar wie ein Stein. Ich werde den Wecker stellen, damit du aufstehen und abhauen kannst, bevor er wach wird. Okay?"

„Okay." Anthony ging zum Haus und ließ Rae auf seinen Füßen reiten, bis sie in ihrem Zimmer angekommen waren.

„Ich kann dir ein Bett auf dem Boden machen", bot sie an. Obwohl es natürlich zu schön gewesen wäre, in Anthonys Armen zu schlafen. Auch wenn sie wohl kein Auge zumachen könnte, wenn sie wirklich in seinen Armen läge. Rae durchzuckte die Vorstellung an eine schlaflose Nacht mit Anthony. Sie wollte es. Eines Tages. Eines Tages, wenn sie nicht mehr zu befürchten hatten, dass Yana durch das Fenster springen und versuchen würde, sie umzubringen.

Rae nahm eins ihrer Kissen und warf es auf den Boden. „Im Schrank sind ein paar Decken. Es tut mir Leid, dass ich keinen Schlafsack habe“, sagte sie zu Anthony. „Mein Vater und ich sind keine Outdoor-Typen.“

Anthony stand wie angewurzelt da und sah sie an. Rae war sich ziemlich sicher, dass er ungefähr das dachte, was sie vor ein paar Sekunden auch gedacht hatte. Diese Erkenntnis verursachte ihr ein Gefühl, als wenn sie gerade eine Kanne dampfenden Tee getrunken hätte: Hitze durchflutete ihren gesamten Körper. „Im Schrank. Okay.“ Anthony drehte sich ruckartig um und holte ein paar Decken aus dem obersten Fach.

„Es tut mir Leid, aber ich habe nichts, was du zum Schlafen anziehen könntest“, sagte Rae. Sie strich sich mit den Händen über das große T-Shirt, das sie im Bett trug. „Von diesen Dingern habe ich zwar eine ganze Menge, aber die würden dir auch nicht passen. Das heißt, hineinpassen würdest du schon. Aber sie wären ziemlich eng. Wie das T-Shirt, das du sowieso schon anhast. Darum wäre es ...“ *Hör auf zu faseln,* befahl sie sich. „Es hätte keinen Sinn“, endete sie.

„Ich ... was ich anhabe, ist völlig okay“, sagte Anthony. Er kniete sich auf den Boden und breitete ein Decke aus. Dann schlüpfte er aus den Schuhen, ohne vorher die Schuhbänder zu lösen, und legte sich hin.

„Dann mache ich mal das Licht aus?“, schlug Rae vor.

„Ja“, antwortete Anthony.

Rae schlüpfte in ihr Bett und schaltete die Lampe auf ihrem Nachttisch aus. „Gute Nacht also."

„Gute Nacht."

Rae hörte, wie Anthony sich auf die Seite drehte. Sollte sie so tun, als wenn sie sofort einschliefe? Oder sollte sie etwas sagen – wie sie es getan hatte, wenn Yana bei ihr geschlafen hatte? Damals, als Yana noch ihre beste Freundin war. Als Rae noch *glaubte,* dass Yana ihre beste Freundin war.

„Wie lief es denn mit Mandy?", fragte Anthony.

„Äh, nicht so toll", gab Rae zu. Sie rollte sich nun ebenfalls auf die Seite. Wenn sie beide auf dem Bett oder beide auf dem Boden gelegen hätten, hätten sie sich angesehen. „Während der Autofahrt hat sie mich sogar ganz schön erschreckt. Sie bekam plötzlich blinde Flecken. Wohl so etwas Ähnliches wie meine tauben Stellen. Aber ein paar Stunden später ging es ihr besser. Darum glaube ich, dass sie morgen vielleicht schon wieder ganz fit sein kann. Sie muss nur aufpassen, dass sie ihre Gabe nicht zu oft einsetzt."

„Aha." Anthony schwieg, und Rae hatte das Gefühl, dass er einfach nicht wusste, was er sagen sollte. So wunderbar Anthony auch war – dass sich durch eine Fähigkeit, die man besaß, ein Leben so stark verändern konnte, musste man selbst erfahren haben, um es verstehen zu können. „Hast du denn wenigstens etwas herausfinden können?", fragte er. „Über Zeke?"

„Nein. Als ich Fingerspitzenkontakt mit ihm hatte, habe ich

nicht viel aufnehmen können, weil er genügend geschluckt oder geschnüffelt oder inhaliert hatte, um so gut wie nichts zu denken. Die oberste Schicht, an die ich herankam, waren lauter bizarre Bilder." Rae beschloss, nichts von dem Eichhörnchen zu erzählen. Es gehörte nicht zu den Dingen, an die sie kurz vor dem Einschlafen denken wollte.

„Hast du so etwas eigentlich auch schon mal ausprobiert?", fragte Anthony.

„Nein. Nie", antwortete Rae. „Ich glaube, wegen der ganzen Sache mit meiner Mutter – weil ich gedacht habe, sie sei eine Mörderin, wollte ich mich wohl immer unter Kontrolle halten. Ich hatte immer Angst, dass ich auch ... diese mörderische Seite in mir haben könnte und dass sie irgendwann herausspringen würde, wenn ich nicht aufpasste – wie ein irrer Kastenteufel. Ich war auch noch nie betrunken – falls du dir das vorstellen kannst."

„Da hast du auch nicht allzu viel verpasst", antwortete Anthony. Sie hörte, wie er sich wieder herumdrehte, sodass er sie nun nicht mehr ansah. „In meiner alten Schule habe ich jeden Tag Gras geraucht. Ich habe nur irgendwann damit aufgehört, um noch vor dem Rentenalter meinen Schulabschluss zu machen."

„Wartest du jetzt darauf, dass ich entsetzt nach Luft ringe?", frotzelte Rae. Denn so wie Anthony es gesagt hatte, klang es wie ein großes Geständnis.

„Die Professorentochter und der Kiffer. Klingt nicht gerade

wie Romeo und Julia. Mandy ist ja auch ganz aus dem Häuschen, weil Zeke Gras raucht", antwortete Anthony.

„Erstens sind eine Reihe Professorentöchter gleichzeitig Kiffer", antwortete Rae. „Und ein paar Professoren wahrscheinlich auch", fügte sie mit einem Lächeln hinzu, während sie an den einen oder anderen Bekannten ihres Vaters dachte. „Und zweitens macht Mandy sich Sorgen, weil ihre Schwester sich plötzlich nicht mehr um die Dinge kümmert, für die sie sich früher interessiert hat. Sie will vielleicht sogar die Schule schmeißen. Und nach dem, was Mandy sagt, war Emma seit Jahren darauf aus, ein Stipendium zu bekommen."

Rae beugte sich über den Bettrand und strich mit der Hand über Anthonys Rücken. „Falls du denkst, dass du mir nicht gut tust oder sonst einen Quatsch, dann hör bloß auf damit", sagte sie sanft. „Du bist genau der Richtige für mich. Du bist das Gegenteil von Zeke."

Anthony schnaubte.

„Ich meine es ernst." Rae strich seinen Rücken wieder hinauf. „Zum Beispiel die Sache mit dem Schwimmen. Bevor ich dich getroffen habe, hatte sich sogar Angst davor, ins flache Wasser zu gehen. Und jetzt kann ich die Züge und Atmen und alles."

„Das ist doch nichts", sagte Anthony.

„Doch, das ist was", beharrte Rae. Und so war es auch. Anthony hatte all das, was sie sich bei einem Freund jemals gewünscht hatte – auch wenn er nichts mit den perfekten Typen gemeinsam hatte, die sie sich sonst immer vorgestellt hatte. Aber damals hatte sie auch einfach nicht gewusst, was „perfekt" eigentlich bedeutete.

Kapitel Fünf

Jeder Muskel in Anthonys Körper spannte sich an. Er öffnete seine Augen einen winzigen Spalt breit. Da war jemand im Zimmer. Und zwar nicht Rae. Ihr sanftes Atmen konnte er aus dem Bett hinter sich hören. Hier war noch jemand anders. Da drüben, beim Fenster.

Er öffnete seine Augen eine Idee weiter. Ohne den Kopf zu heben, konnte er nichts weiter erkennen als ein paar Füße in Sneakers, die in Tarnfarben bedruckt waren. Besaß Yana solche Schuhe? Anthony konnte sich nicht erinnern. Sein Gehirn erschien ihm etwa so angespannt wie die Muskeln seines Körpers. Es war schwierig, Gedanken hindurchzupressen. Aber es musste doch Yana sein, oder? Mandy wäre sicher nicht so dumm, sich hereinzuschleichen – wo sie doch wusste, dass Yana frei herumlief.

Na gut. Dann muss ich sie überwältigen, bevor sie in mein Hirn eindringen kann. Durch etwas Schnelles. Etwas, das sie umwirft – knall bumm. Aber ihm fiel nichts ein. Kein einziger verdammter Gedanke.

Die Füße in den Tarnfarben-Sneakers kamen jetzt auf ihn zu. Okay, *dann, dann lasse ich sie erst einmal näher kommen,* beschloss er. *Dann packe ich schnell zu und reiße einen ihrer Füße in die Höhe. Sie fällt zu Boden. Vielleicht geht sie nicht k.o., aber sie wird überrascht sein. Damit gewinne ich vielleicht ein paar Sekunden. Allerdings zu wenig, um mich nach einer Waffe umsehen zu können. Ich muss ihren Kopf nehmen und ihn auf den Boden donnern. Mir bleibt nur diese eine Chance. Wenn sie nicht nach einem Schlag k.o. ist, werde ich für den Rest meines Lebens ihre Marionette sein.*

„Was nicht mehr allzu lange dauern kann“, sagte eine Stimme. Yanas Stimme. Unmöglich! Oder konnte sie etwa auch Gedanken lesen?

„Es gibt nichts, was ich nicht kann“, antwortete Yana. Obwohl er nicht gesprochen hatte. „Du hättest mit mir zusammenbleiben sollen, Anthony. Du hättest alles haben können, was du willst. Abgesehen von deiner Kleines-reiches-Mädchen-Trophäe.“

Anthony versuchte sich aufzusetzen, aber sein Körper gehorchte ihm nicht. Sie hatte ihn schon. Sie hatte ihn schon in der Gewalt!

„Allerdings“, sagte Yana. Er sah zu, wie ihre Füße näher kamen. Mehr konnte er nicht tun. Zugucken. Abwarten, was sie sich ausgedacht hatte. „Leg dich auf den Rücken“, befahl sie.

Im selben Moment lag Anthony auf dem Rücken. Yana kniete neben ihm. Sie senkte ihr Gesicht auf sein Gesicht herab. Und dann küsste sie ihn. Und er küsste sie ebenfalls.

Er wollte es nicht. Aber seine Lippen, seine Zunge – er hatte sie nicht unter Kontrolle.
„Oh, mein Gott!", hörte Anthony Rae ausrufen. „Oh, mein Gott, was macht ihr da?"
Er konnte nicht antworten. Er konnte nichts weiter tun, als Yana zu küssen. Galle schoss seinen Hals empor und in seinen Mund. Er hoffte, dass Yana es schmecken würde. Dass es sie abstoßen würde. Aber sie hielt sein Gesicht mit ihren Händen umschlossen und küsste und küsste ihn. Immer heftiger. Immer leidenschaftlicher.
„Das ist ja widerlich. Das ist einfach widerlich. Geht mir aus den Augen, alle beide", schrie Rae.
Merkte sie denn nicht, was los war? Wie konnte sie glauben, dass er dies freiwillig tat? Für wen hielt sie ihn denn?
Yana hob ihre Lippen von Anthonys Mund und lächelte auf ihn herab. Ihr Atem schlug heiß gegen sein Gesicht. „Sie hält dich für eine null, Anthony. Das ist es, was sie von dir denkt", flüsterte Yana. „Und sie hat Recht. Du kannst sie noch nicht mal vor mir beschützen."
Yana beugte sich tiefer zu ihm herab, sodass ihre Lippen bei jedem Wort über seine strichen. „Ich besitze dich." Sie fuhr mit ihren Fingern durch seine Haare. Dann fühlte er ihre Fingernägel über seine Kopfhaut kratzen. Sich eingraben. „Ich besitze dich", wiederholte Yana. Und ihre Finger drangen durch seine Kopfhaut, brachen durch seinen Schädelknochen und krallten sich in sein Gehirn.

Anthony stieß einen Todesschrei aus. Yana fasste ihn an den Schultern und schüttelte ihn. „Was ist, Anthony? Was ist los?"

Moment. Das war nicht Yanas Stimme. Es war Raes Stimme. Anthony öffnete die Augen und sah Rae, die auf ihn herabstarrte. „Das muss aber ein schlimmer Albtraum gewesen sein", sagte sie und strich ihm das verschwitzte Haar aus der Stirn.

„Ja", antwortete Anthony.

„Willst du ihn mir erzählen?", fragte Rae.

„Nein", platzte Anthony heraus. „Nein. Ist schon gut. Schlaf jetzt lieber wieder."

Rae ging zurück in ihr Bett. Anthony rollte sich auf die Seite und sah zum Fenster. In dieser Nacht würde er auf keinen Fall noch mal einschlafen. Er würde seine Augen nicht von diesem Fenster wenden. Er würde noch nicht ein einziges verdammtes Mal blinzeln. Denn Yana täuschte sich – oder die Yana in seinem Traum täuschte sich. Anthony konnte Rae sehr wohl beschützen. Er konnte es, und es würde ihm auch gelingen. Und wenn er sein Leben dafür geben müsste.

„Mandy und ich haben das ganze U-Bahn-Einkaufscenter abgesucht. Aber nichts", sagte Jesse Beven. Er aß seine letzte gedrehte Pommes frites aus dem *Chick-fil-A* und machte sich dann an die von Anthony, wie immer. Wenn der Junge nicht eine Art jüngerer Bruder ehrenhalber gewesen wäre, hätte Anthony ihm etwas erzählt.

„Eine ganze Reihe von Leuten, die in den Geschäften arbeiten, kannten Yana oder hatten sie zumindest herumlaufen sehen. Allerdings nicht in den letzten Tagen", ergänzte Mandy. „Hattet ihr beiden denn mehr Glück?", wandte sie sich an Rae.

„Wir haben überhaupt nichts herausbekommen", sagte Rae. Sie nahm sich eine Pommes und wollte gerade hineinbeißen, dann ließ sie sie aber zurück auf ihren Teller fallen. Ihr Gesicht war blass, und unter ihren Augen befanden sich dunkle Ringe. Die Sache nahm sie mit, und zwar heftig.

„Hey, wenn man herausfindet, wo sie nicht ist, ist das doch mehr als gar nichts", bemerkte Anthony. Rae, Mandy und Jesse sahen ihn allesamt an, als wäre er ein Idiot. Was er ja auch war. Ein dämlicher Oberidiot. Es hatte doch keinen Sinn, so zu tun, als säßen sie nicht bis zum Hals in der Patsche. Das half Rae auch nicht weiter.

„Und was jetzt?", fragte Mandy. Sie nahm eine Serviette und beugte sich Jesse entgegen, um ihm einen Streifen Ketschup vom Kinn zu wischen. Dann hielt sie aber in ihrer Bewegung inne und griff nach ihrem Dr. Peppers, als wenn es das gewesen sei, was sie eigentlich vorgehabt hatte. Ein Erröten arbeitete sich ihren Hals hinauf. Anthony sah zu Jesse. Der errötete ebenfalls.

Rae verpasste Anthony unter dem Tisch einen Tritt, und als

er zu ihr sah, lächelte sie ihn in einer Art an, dass er wusste, sie hatte die kleine Jesse-und-Mandy-Miniromanze ebenfalls bemerkt. Anthony hatte Jesse noch nie zuvor von Mädchen sprechen hören – abgesehen von der Schauspielerin, die die Meadow Soprano spielte. Von der war Jesse besessen. Aber von einem ganz normalen Mädchen, mit dem er sich richtig getroffen hätte ... So weit hatte Jesse sich bisher noch nie vorgewagt.

„Äh, und was machen wir jetzt?", fragte Mandy noch einmal.

„Yana geht ziemlich viel in die Läden in Little Five Points", antwortete Rae. „Und wir können es auch mal bei dem *Happy Burger* versuchen, bei dem sie arbeitet. Jedenfalls gibt es noch ein paar Orte, an denen sie sich aufhalten könnte."

„Anthony und ich können es ja im Burgerladen versuchen", bot Jesse an.

Mandys Mund öffnete sich, als wenn sie etwas hätte sagen wollen. Aber dann nahm sie nur wieder einen kleinen Schluck aus ihrem Glas. *Warum will er denn nicht noch mal mit ihr ein Team bilden?*, fragte sich Anthony.

„Dann gehen Mandy und ich nach Little Five Points. Sollen wir uns in ein paar Stunden wieder hier treffen?", fragte Rae. Sie begegnete Anthonys Blick, und es kam ihr vor, als wüsste sie genau, was er dachte; als wüsste sie, wie sehr ihn die Vorstellung, dass sie irgendwo ohne ihn unterwegs sein könnte, verängstigte. „Denkt dran: Niemand soll sich Yana nähern", sagte sie. „Wenn einer von uns sie sieht, kommen wir erst einmal zusammen und entwerfen einen Plan, bevor wir irgendetwas unternehmen."

Anthony beugte sich zu Rae. „Bist du sicher, dass ich nicht mit dir kommen soll? Mandy und Jesse ..."

„Ich denke, es ist völlig in Ordnung", fiel Rae ihm ins Wort und warf ihm einen weiteren Blick zu, der zu sagen schien, dass Jesse einen guten Grund hatte, mit Anthony anstatt mit Mandy zu gehen, und dass sie wusste, was es sei. „Mir wird schon nichts passieren. Du kannst doch nicht jede Sekunde bei mir sein."

Jesse befeuchtete seinen Finger und stupste damit auf seinem Teller herum, um jeden mikroskopisch kleinen Krümel Pommes aufzusammeln. „Startklar?", wollte er von Anthony wissen. Er leckte die Pommeskrümel von seinen Fingern. Das war Jesse, wie man ihn kannte.

„Ja", sagte Anthony und stand auf. „Dann also bis nachher – wieder hier", sagte er zu Rae. Als wenn es allein schon dadurch, dass man es sagte, auch ganz bestimmt wahr würde. Als wenn schon die Worte es unmöglich machten, dass ihr etwas Schlimmes zustieß, was verhinderte, dass sie sich wiedersahen. Wie eine Art Zauber. „Bis nachher – hier", wiederholte er. Er konnte nicht anders. Dann verließ er hinter Jesse das *Chick-fil-A* – bevor er es noch zehn Mal oder auch hundert Mal sagen konnte.

Sie stiegen ins Auto und Anthony fuhr zum *Happy Burger.*

Er glaubte nicht, dass Yana dort war. Wer hielt sich schon am Arbeitsplatz auf, wenn man es nicht gerade musste? Aber vielleicht gab es dort ja eine Freundin, die vielleicht eine Idee hatte, wo Yana sein konnte. Und Anthony tat lieber etwas, das wenig Chancen hatte zu funktionieren, als überhaupt nichts.

„Äh", sagte Jesse. Und das war es dann. Nur *äh*.

„Was ist?", fragte Anthony.

Jesse begann, auf dem Armaturenbrett herumzutrommeln. „Hast du auch Lust, diesen neuen Film mit Jim Carrey zu sehen?"

„Solange hier irgendwo eine mordlustige Psychopathin frei herumläuft, werde ich sicher keine Sekunde damit verbringen, in einem dunklen Raum in eine Richtung zu starren", antwortete Anthony. Es war nicht seine Absicht gewesen, so sauer zu klingen. Aber was dachte Jesse sich eigentlich?

„Ja. Stimmt auch", sagte Jesse. Er hörte auf zu trommeln und schaltete das Radio ein. Sie hörten ein paar Songs, dann machte Jesse wieder „Äh".

„Spuck es aus", sagte Anthony.

„Meinst du, dass Mandy diesen Film vielleicht sehen möchte? Den mit Jim Carrey?", fragte Jesse und sah so interessiert aus dem Fenster, als hätte er noch nie zuvor einen Bürgersteig oder Bäume oder Leute gesehen. Als wäre das alles ungeheuer faszinierend.

„Hört sich ja ganz nett an", antwortete Anthony. „Ist aber

ungeeignet. Willst du wirklich neben einem Mädchen sitzen und etwas sehen, wo es in neunzig Prozent der Fälle ums Furzen und solche Scherze geht?"

„Ich habe ja gar nicht gesagt, dass ich mit ihr hineingehen will", protestierte Jesse und wendete sich wieder Anthony zu. „Ich habe nur gefragt, ob du meinst, dass es ihr gefallen könnte."

Anthony kniff die Augen zusammen und sah ihn an.

„Schon gut", sagte Jesse. „Schon gut. Ich hab überlegt, ob ich sie fragen soll, ob sie mit mir in den Film gehen will." Er drehte sich wieder zum Fenster. „Also. Was meinst du?"

Anthony schwieg. Vor ein paar Wochen wäre seine spontane Antwort gewesen, dass Mandy in einer anderen Liga spielte als Jesse. Er hatte gesehen, wo Mandy wohnte. Ein Mädchen wie sie ging normalerweise nicht mit einem Jungen aus, den man gezwungen hatte, an einer Gruppentherapie teilzunehmen, weil er immer wieder Dinge in Brand gesetzt hatte. Aber Mädchen wie Rae flogen normalerweise auch nicht auf Typen wie Anthony. Und außerdem – schien Mandy wirklich in Ordnung zu sein. Nicht wie jemand, der sich um all diesen dummen Unfug Gedanken machte.

„Eine bescheuerte Idee?", fragte Jesse, als Anthony nicht antwortete.

„Nein. Du solltest es versuchen", riet Anthony. „Ich meine, vielleicht könntest du einen etwas mädchen-tauglicheren

Film aussuchen. Aber du solltest es tun." Anthony grinste. „Ich glaube, sie maaag dich", frotzelte er, als er auf die linke Spur zog. Der *Happy Burger* kam in Sicht.
„Guck mal!", schrie Jesse. Er fasste Anthony so fest am Arm, dass Anthony fast die Kontrolle über das Steuer verlor. „Da kommt ein gelber VW aus dem *Happy Burger*-Parkplatz. Das könnte Yanas Auto sein."
„Ich bleib dran." Anthony warf einen kurzen Blick auf den fließenden Verkehr, dann drehte er und begann in entgegengesetzter Fahrtrichtung dem Käfer zu folgen. Er versuchte einen Blick auf den Fahrer zu erhaschen, aber es gelang ihm nicht.
„Sie wechselt die Spur. Sie will drehen", sagte Jesse.
Ohne auf das Hupen zu achten, das hinter ihm erklang, zog Anthony auf die rechte Spur. Wenn es wirklich Yana war, die dort fuhr, war er sich sicher, dass sie ihn mittlerweile gesehen hatte. Aber er kümmerte sich nicht darum. Okay, sie hatten sich darauf geeinigt, sich Yana nicht ohne einen Plan zu nähern. Aber entkommen lassen konnte er sie jetzt auch nicht.
Der gelbe Käfer bog rechts ab in eine Wohnstraße. Es war kein anderes Auto zu sehen. Gut. Anthony gab Gas. Der gelbe Käfer beschleunigte ebenfalls. „Du entkommst mir nicht", knurrte Anthony. Er drückte das Gaspedal ganz durch, fuhr neben dem Käfer auf. Wenn es sein musste, würde er seinen Wagen auch vor ihn drängeln. Es war ihm

egal, wenn der Käfer auf sie auffuhr – solange er Yana damit stoppen konnte.

„Sie ist es gar nicht!", rief Jesse aus. „Das ist irgendein Mann."

Anthony ging vom Gas. Er fuhr neben den Randstein und hielt an. Seine Nerven fühlten sich an, als hätte er sich den Nachmittag über auf einem elektrischen Stuhl frittieren lassen. „Wo zum Teufel steckt sie?", brach es aus ihm heraus. Und was noch schwerwiegender war: Was hatte sie mit Rae vor?

Es war ein merkwürdiges Gefühl, wieder in Atlanta zu sein. Die Stadt kam ihr vor wie ein Ort, wo sie vor langer Zeit gewohnt hatte. Wie eins dieser Dutzende verdammter Löcher, wo ihr Dad sie hingeschleppt hatte. Nicht wie der Ort, wo sie jetzt lebte. Nicht wie zu Hause.

Yana beschleunigte ihren Schritt. *Wenn du erst einmal getan hast, was du tun musst, kannst du leben, wo du willst. Du kannst Atlanta einfach hinter dir lassen.*

Ja. Richtig. Als wenn sie, nachdem sie Rache genommen hatte, die Wahl gehabt hätte, ob sie Atlanta verlassen wollte, oder nicht. Sie würde verschwinden müssen, weil ein ganzer Haufen Leute hinter ihr her sein würde, um sie wie einen tollwütigen Hund zu erschießen.

Vielleicht werde ich gar nicht lebend aus Atlanta herauskommen, dachte sie. Allerdings kümmerte sie das nicht allzu sehr. Wenn sie sie umbrachten – schön. Wie auch immer. So lange sie ihren Mord zuerst verüben konnte.

Yana wechselte in einen Trab. Sie war so nah dran. Sie wollte nur noch da sein und es tun. Da sein. Es tun. Da sein. Es tun. Im Rhythmus ihrer Schritte wiederholten sich die Gedanken in ihrem Kopf. Sie bog um die Ecke. Hier war es. Das war der Häuserblock. Sie war so nah, so nah!

„Für dich, Mom", flüsterte Yana, während sie den Parkplatz des Wilton Centers überquerte.

Ein Typ, der um die sechzehn Jahre alt sein mochte, Asiate war und abstehendes schwarzes Haar hatte, fiel neben ihr in ihren Schritt ein. „Von der Muskulatur und dem gesamten Erscheinungsbild her würde ich auf Kickboxing tippen", sagte er.

„Kenne ich dich?", fragte Yana. Warum sprach er sie jetzt an? Sie wollte nur eins: Hineingehen. Es tun.

„Nein. Aber es wäre besser. Ich bin Sam", antwortete er. „Also, hatte ich Recht? Bist du wegen des Kickboxing-Kurses hier?"

Yana blieb stehen. „Nein", antwortete sie.

„Hm. Dann hast du vielleicht die andere Richtung eingeschlagen und dich entschlossen, deine Aggressionen in einem Meditationskurs zu verarbeiten?", fragte Sam.

„Ich bin nicht stehen geblieben, damit du mich anmachen kannst. Sondern damit ich dich loswerde. Nur darum, verstehst du?", sagte Yana. Sie verschränkte ihre Arme und wartete. Wenn dieser Idiot ihr hinterhertrabte, konnte sie nicht tun, was sie tun musste.

Sam lachte. Yana bemerkte, dass die Haut unter seinem Kinn weich und wabbelig war. Obwohl er nicht übergewichtig zu sein schien. Sogar eher dünn. „Ich mache dich nicht an", protestierte er. „Deine Pheromone haben keine Wirkung auf meine – ohne dich beleidigen zu wollen. Aber es gibt sicher viele Typen, die auf dich fliegen."

Verdammt. Yana merkte es genau, wenn jemand sie aushorchen wollte. Und Sam horchte sie aus.

„Hast du schon mal diese Redewendung gehört: ‚Wenn der Schüler bereit ist, erscheint der Lehrer'?", fuhr Sam fort. Als wenn sie sich irgendwie dafür interessierte, was er zu sagen hatte. Er wartete nicht auf ihre Antwort. „Also, ich denke, du bist bereit, darum ..." Er streckte seine Arme zu einer „Hier-bin-ich-Geste" aus.

Es reichte. Sie hatte fast ihr ganzes Leben lang auf diesen Moment gewartet. Und von diesem Idioten wollte sie sich nicht aufhalten lassen. Geh hin. Tu es. Geh hin. Tu es. Es war, als spräche ihr Herzschlag diese Worte.

DREH EINE RUNDE UM DEN BLOCK. UND ZWAR GLEICH. Sie schleuderte Sam diesen Gedanken entgegen. Und er wandte sich auf dem Absatz um und ging. Endlich.

Yana heftete ihren Blick auf die Eingangstüren des Wilton Centers und wendete ihn nicht mehr ab, bis sie dort war. An diesem Ort, unten in ihrem kleinen Rattenloch im Keller, saßen die Bastarde von der Regierung, die ihre Mutter umgebracht hatten. Yana bahnte sich ihren Weg durch die Türen und lief schnurstracks zur Treppe. Sie kannte den Weg – dank des Besuchs, den sie hier mit Rae gemacht hatte.

Rae. Himmel! Allein an sie zu denken war wie Säure trinken. *Ich hätte sie beinahe umgebracht. Ich hätte sie beinahe umgebracht, obwohl sie fast so ist wie ich.* Yana schob den Gedanken beiseite. Dies war nicht der richtige Zeitpunkt dafür. Wenn sie hier wieder lebend herauskam, würde sie sich bei Rae entschuldigen. Yana schnaubte. Klar doch. Mit einer Entschuldigung wäre natürlich alles wieder in Ordnung. Vielleicht sollte sie sogar zwei Dollar für eine hübsche Karte lockermachen. Dann würde Rae bestimmt vergessen, dass Yana versucht hatte, sie von Anthony mit Rattengift füttern zu lassen.

Yana erreichte die Tür, die zur Treppe führte. Sie drehte den Türknauf. Die Tür war abgeschlossen. Kein Problem. Ohne zu zögern lief Yana zum nächsten Kursraum. Sie steckte ihren Kopf hinein, und ohne auf die Senioren zu achten, die dort saßen und ihre Collagen bastelten, sagte sie: „Bitte schließen Sie mir die Tür zum Keller auf." In einer Gedankenkugel, die sie zum Hirn der Lehrerin sandte, wiederholte sie die Worte: *BITTE SCHLIESSEN SIE MIR DIE TÜR ZUM KELLER AUF.*

„Ich habe keinen Schlüssel", antwortete die Lehrerin.

„Wer hat denn einen?“, fragte Yana. *SAGEN SIE ES MIR.*
„Der Mann vom Sicherheitsservice. In dem Raum am Ende des Flurs. Die Tür links“, sagte die Lehrerin und massierte sich mit den Fingern die Schläfen.
„Danke.“ Yana marschierte zur Wärterloge. Der fleischige Wachmann schien nicht besonders glücklich darüber zu sein, sie zu sehen. *Anscheinend will er die Wiederholung der Folge von „Sex and the City“ nicht verpassen, die gerade auf einem der Bildschirme läuft, über die er eigentlich die Überwachungskameras im Auge behalten soll. SCHLIESS DIE TÜR ZUM KELLER AUF.* Mit einem Grunzen erhob sich der fleischige Wachmann und lief gehorsam zur Treppe.
„Braver Junge“, knurrte Yana und folgte ihm.
Mach schon, mach schon, mach schon, dachte sie, als er an die Tür kam und mit dem Bund Schlüssel an seinem Schlüsselring herumzufummeln begann. Sie wollte nach unten. Es tun. Nach unten. Es tun. Sie hatte Angst, dass eine Ader in ihrem Kopf platzen würde, oder etwas in der Art, wenn sie auch nur noch ein paar Minuten länger warten musste. Jede Faser ihres Körpers und ihres Gehirns war darauf fixiert, die Rache zu nehmen, die ihre Mutter verdiente. Yana hatte schon so lange darauf gewartet.
Schließlich hatte der Wachmann es geschafft, die Tür aufzuschließen. „Gehen Sie nur wieder“, sagte Yana. „Ich kenne die Folge, die Sie gerade sehen. Wenn Sie sich nicht beeilen, verpassen Sie eine ganz tolle Samantha-Szene.“ *GEH!* Der

brave Junge verzog sich. Und Yana begann mit zitternden Knien die Treppe hinabzusteigen. Sie war so nah dran!
Sie kam auf den Treppenabsatz, lief um die Kurve – und erstarrte. Am Fuß der Treppe warteten drei Männer und eine Frau in Kampfanzügen. Jeder von ihnen hatte eine halbautomatische Waffe auf Yana gerichtet. „Die Waffen weg!“, befahl sie. Ihre Stimme klang brüchig.
Sie rührten sich nicht. Sie hielten ihre Waffen weiter auf Yana gerichtet. *Ich habe es auch nur gesagt,* fiel Yana auf. *Ich habe es nicht gedacht.*
WEG MIT DER PISTOLE! WEG MIT DER PISTOLE! WEG MIT DER PISTOLE! WEG MIT DER PISTOLE!, schleuderte sie jeder der vier Personen so heftig sie konnte entgegen.
Aber die Pistolen blieben weiter auf sie gerichtet. Keiner der Wachen zuckte auch nur. *WEG MIT DER PISTOLE! WEG MIT DER PISTOLE! WEG MIT DER PISTOLE! WEG MIT DER PISTOLE!*
Mit jedem Quäntchen Energie, das sie besaß, schoss Yana ihnen die Gedanken entgegen. Blut begann aus ihrer Nase zu fließen.
Aber die Pistolen blieben auf sie gerichtet.
Und die Wachen kamen auf sie zu.

KAPITEL SECHS

M*ACHT DIE TÜR AUF!*
Die Regierungs-Gorillas warfen noch nicht mal einen Blick auf die Klinke. Was für eine Überraschung! Yana hatte ihre Gedanken schon in alle Richtungen geschossen – ohne Erfolg. Ihr Kopf fühlte sich an, als sei er implodiert. *Was soll ich jetzt machen? Was zum Teufel soll ich jetzt machen?*

Und auch – was zum Teufel wollten die da jetzt machen? Zwei der Männer, immer noch in ihren Kampfanzügen, hatten sie in ein großes Büro geschleppt. Jetzt standen sie zu beiden Seiten der Tür, beobachteten sie und sagten kein Wort.

Yana lehnte sich in ihrem Armsessel zurück. Dann versuchte sie mit den Füßen den Schemel, der vor dem benachbarten Sessel stand, vor ihren eigenen zu schieben. Ihr Herz schlug ein Schlagzeugsolo, und in ihrem Oberschenkel hatte ein Muskel zu zucken begonnen. Aber sie wollte sich auf keinen Fall von diesen Typen – und von überhaupt niemandem – anmerken lassen, wie verängstigt sie war. Das hätte ihnen Macht über sie gegeben.

Vielleicht sollte ich meine Schuhe ausziehen, überlegte Yana. Aber das war vielleicht doch zu ...

Das Aufgehen der Tür riss Yana aus ihren Gedanken. Sie zwang sich, ihre lässige Leck-mich-Pose beizubehalten, als ein Mann um die fünfzig hinter den Schreibtisch trat, der Yana gegenüberstand, und sich setzte. Während er sie betrachtete, zog sich einer seiner Mundwinkel in die Höhe. Plötzlich kam sich Yana wie ein dummes kleines Kind vor, das versucht, sich vor dem Direktor aufzuspielen.

„Würdest du mir bitte sagen, was du hier zu suchen hast", sagte der Mann. „Ich bin übrigens Mr Eggar."

Entweder du lügst, oder du sagst die Wahrheit. Yana hatte nur zwei Möglichkeiten. Sie saß in der Falle. „Ich heiße Yana Savari", antwortete sie. „Meine Mutter war Erika Keaton." Sie hatte sich entschlossen, es mit der Wahrheit zu versuchen. Es erschien ihr unmöglich, dass Eggar und diese Typen ihr abkauften, sie sei wegen eines Strickkurses zum Center gekommen und habe sich nur verlaufen. „Wissen Sie, wer Erika Keaton war?", fragte sie.

Ihr müsst sie kennen, ihr Bastarde. Ihr habt sie umgebracht, hätte Yana am liebsten geschrien. Aber sie ließ es.

„Ja", antwortete Eggar. „Aber Erika Keaton hatte keine Kinder. Versuch es mit etwas anderem."

„Sie haben bei Ihren Nachforschungen eine wirklich klägliche Leistung erbracht", entgegnete Yana. Eggars Augen weiteten sich um einen Bruchteil. „Ja, ich weiß, dass Sie

sämtliche Nachkommen der Frauen aus der Gruppe ausfindig machen wollten. G2, die zweite Generation, so nennen Sie uns, nicht wahr?" Mit jeder Sekunde fühlte sie sich immer weniger wie ein kleines Kind. *Werde nur nicht übermütig,* warnte sie sich. *Du hast ihn verblüfft, okay. Aber da sind immer noch die beiden Typen mit den Pistolen.*
Eggar gab ihr einen winzigen Wink mit der Hand, dass sie fortfahren sollte. Er machte seine Sache gut, indem er sich nicht anmerken ließ, dass gerade seine Welt in Stücke zerbrochen war.
„Meine Mutter verließ die Stadt, als sie schwanger war", fuhr Yana fort. „Nachdem ich geboren worden war, gab sie mich einer Freundin." *Wie einen dummen Brief, den man jemandem mitgibt, um ihn zum Briefkasten zu bringen,* dachte Yana. Innerlich zog sich ihr alles zusammen. Ihre Mutter traf keine Schuld. Erika hatte nur versucht, sie zu schützen. „Um es kurz zu machen: Die Freundin starb, und ich wurde mit meinem lieben alten Daddy zusammengeführt. Der überhaupt nichts davon wusste, dass er ein Kind hatte. Wir sind ziemlich viel umgezogen und schließlich wieder in Atlanta gelandet, wo die wunderbare Liebesgeschichte zwischen Erika Keaton und David Savari begonnen hatte."
Und ich habe angefangen, mich umzusehen, wie ich Rache nehmen könnte, ergänzte sie innerlich. Ihre Mutter hatte ihr einen Brief hinterlassen. Einen Brief, den Yana Jahre bevor sie ihn erhalten sollte, in die Finger bekommen hatte. Da-

raus hatte sie alles erfahren – über die Gruppe, zu der ihre Mutter gehört hatte, wie Erika sich darum gesorgt hatte, dass ihr Leben in Gefahr war, und dass sie deswegen Yana für alle Fälle diesen Brief schreiben wollte. Yana hatte sogar von der Gabe gelesen, die sie möglicherweise entwickeln würde, wenn sie älter war. Die Fähigkeit, die sie auch tatsächlich entwickelt hatte. Nachdem sie den Brief gelesen hatte, versuchte sie alles über Erika Keaton herauszufinden. Leider lief es darauf hinaus, dass sie nur auf die Informationen stieß, die auch „sie" ihr gegeben hätten, wenn sie gewusst hätten, dass sie existierte – all die Puzzleteile von Erikas Tod durch Melissa Voight.

Yana trat den Fußschemel beiseite und setzte sich aufrecht hin. Seit sie Rae in der Hütte beinahe umgebracht hätte, waren ihre Gedanken so oft um diese Dinge gekreist. Und jetzt konnte sie nicht mehr.

„Als ich etwa zwölf Jahre alt war, begann sich meine Fähigkeit zu entwickeln", sagte sie. „Ich war frühreif." Zeit, auf Lügen umzuschalten. Sie hoffte, dass all die Wahrheiten, die sie ausgepackt hatte, ihr Gegenüber dazu bringen würde, den nächsten Teil zu schlucken. „Das meiste von dem, wozu ich in der Lage bin, habe ich herausgefunden. Aber ich wette, es ist noch nicht alles. Ich möchte dazulernen. Und Sie sind die Einzigen, die mich lehren können. Darum bin ich hier."

Wenn er es mir abkauft, bin ich in Sicherheit – für den

Moment wenigstens, dachte Yana. *Wenn nicht, habe ich am Ende vielleicht eine Kugel im Hirn.* Sie heftete ihre Augen auf Eggar. Worauf würde es hinauslaufen?

Rae spießte ein Spinatblatt auf ihre Gabel. Es war riesengroß. Ohne jede Menge unansehnlicher Lippengymnastik würde sie es niemals in den Mund gestopft bekommen. Aber sie konnte es auch nicht wieder von der Gabel ziehen und sich ein kleineres aussuchen. Das wäre unmanierlich gewesen. Und Mandy und ihre Familie schienen das Abendessen als ernste Angelegenheit zu betrachten. Mit Kerzen und Platztellern – Dinge, um die Rae und ihr Vater sich niemals scherten. Sie blickte in die Runde am Tisch – von Mandy zu Emma und zu Mr Reese. Niemand sah sie an. Rae riskierte es, stopfte sich das Blatt so gut es ging in den Mund und versuchte mit der Zunge nachzuschieben. Sie musste ein paar Mal ordentlich kauen, dann konnte sie sich wieder dem Gespräch zuwenden.

„Warst du schon mal in einem der beiden Länder, Rae?", fragte Mr Reese.

„Hm", machte Rae und versuchte zu Ende zu kauen.

„In Italien oder Alaska", sprang Mandy ihr bei. „Wir versuchen uns zu entscheiden, wo wir die Sommerferien verbringen sollen."

„*Ihr* versucht euch zu entscheiden", sagte Emma. „Ich komme nicht mit."

„Emma, das ist ein Familienurlaub", sagte Mr Reese.
„Das weiß ich", antwortete Emma. „Aber ich bin achtzehn. Und über das Alter hinaus, wo ich die Sommerferien mit Daddy und meinem kleinen Schwesterlein verbringen will."
Super. Sie ist jetzt schon schlecht drauf, und Mandy und ich werden nicht die geringste Chance haben, sie allein zu erwischen um mit ihr über Zeke zu reden, dachte Rae. Sie hatte es sowieso für keine gute Idee gehalten, Emma auf einen kleinen Plausch festzunageln. Aber Mandy wollte die Sache so schnell wie möglich bei den Hörnern packen, und sie war überzeugt, dass es hilfreich sei, Rae dabeizuhaben. Wie hätte Rae also Nein sagen können?
„Ich war mal in England", bemerkte Rae, um am Gespräch teilzunehmen. „Mein Vater liebt England. Er unterrichtet Mediävistik an der Universität. Sein Spezialgebiet ist die Artussage. Darum ist England für ihn so etwas wie der Himmel." *Du kannst jetzt wieder aufhören,* sagte sich Rae.
„Dein Vater ist Professor?", fragte Mr Reese.
„Hm", machte Rae bestätigend, um nicht wieder loszuplappern.
Mr Reese blickte zu Emma. „Vielleicht solltest du mal mit ihm reden, Em. Er kann dir sicher ein paar Tipps für die Sommerkurse geben. Das würde dir den Sprung an die Universität erleichtern."
„Ganz bestimmt", pflichtete Rae bei. „Er lebt ja für diese Dinge."

„Ich bin satt“, verkündete Emma. Ohne ein weiteres Wort stand sie vom Tisch auf.
„Ich entschuldige mich für ...“, begann Mr Reese.
„Für mich brauchst du dich nicht zu entschuldigen“, knurrte Emma, während sie aus dem Esszimmer ging. Bevor ihr Vater antworten konnte, schloss sie die Tür hinter sich.
„Wisst ihr, eigentlich bin ich auch satt“, sagte Mandy. „Oder wenigstens so satt, dass ich denke, Rae und ich könnten uns jetzt mit einem Becher Karameleis in mein Zimmer zurückziehen.“ Sie stand auf. „Oder nicht?“, fragte sie.
„In Ordnung“, antwortete ihr Vater und starrte auf seinen Teller, als wenn dort eine geheime Nachricht für ihn gestanden hätte.
„Gut. Dann komm mit, Rae. In die Küche“, sagte Mandy mit einer Stimme voll aufgesetzter Fröhlichkeit.
„In die Küche“, wiederholte Rae und folgte Mandy.
„Karameleis ist Emmas Lieblingseis“, erklärte Mandy, als sie vor dem Gefrierschrank standen. „Ich könnte mir vorstellen, dass wir damit zumindest in ihr Zimmer kommen.“ Mandy holte eine Schachtel Eis aus dem Gefrierfach, öffnete sie und nahm drei Löffel aus der Schublade. „Und los geht's.“
Mandy übernahm wieder die Führung. Ohne anzuklopfen platzte sie in Emmas Zimmer. Ein bisschen anders, als Rae es gemacht hätte. „Ich habe uns ein Eis geholt“, verkündete Mandy. Sie ließ sich auf das tadellos gemachte Bett ihrer Schwester fallen und warf Emma einen Löffel zu.

Emma fing ihn, zögerte einen Moment und setzte sich dann neben Mandy. „Iss nur nicht die ganze weiße Schokolade", warnte sie ihre Schwester.

„Ich esse nur ein bisschen was davon", antwortete Mandy. Sie klopfte neben sich auf das Bett, und Rae ging zu ihr und setzte sich. „Ich habe einen Jungen kennen gelernt", platzte Mandy heraus.

Ohne Vorgeplänkel. Einfach drauflos. Mandy und Rae hatten sich zwar vorgenommen, das Gespräch auf Jungen zu lenken – das schon –, aber sie hatten nicht vor, so mit der Tür ins Haus zu fallen. *Sie ist nervös,* schoss es Rae durch den Kopf. *Sie ist vollkommen aus dem Häuschen wegen dieser Angelegenheit mit Emma und Zeke.*

„Du hast einen Jungen kennen gelernt?", fragte Emma. Sie meißelte ein Stück weiße Schokolade aus der steinharten Eiscreme.

„Jawohl. *Ich* habe einen Jungen kennen gelernt. Er ist total süß. Und genauso alt wie ich. Er fährt Skateboard", sprudelte Mandy hervor.

Das kann nur Jesse sein, dachte Rae. Sie hätte es sich denken können, auch wenn Mandy das Skateboard gar nicht erwähnt hätte. Sie hatte bemerkt, wie Mandy Jesse im *Chick-fil-A* angesehen hatte. Rae hatte das Gefühl, dass sie denselben Ausdruck auf ihrem Gesicht hatte, wenn sie Anthony ansah.

„Und wisst ihr, was das Tollste an ihm ist?", plapperte Mandy

weiter. „Er gibt mir das Gefühl, dass ich alles schaffen kann. Geht es dir mit Anthony genauso, Rae?"
Sie klingt, als hätte sie eine Rolle auswendig gelernt. Rae warf einen Blick auf Emma. Emma schien noch nicht mitbekommen zu haben, dass sie vorgeführt wurde. Bis jetzt jedenfalls noch nicht.
„Ja. Anthony steht immer voll hinter mir", antwortete Rae. „Egal was ich vorhabe – er ist bereit, mich dabei zu unterstützen. Beim Schwimmen zum Beispiel ..." *Oder als es darum ging herauszufinden, worin meine Fähigkeit besteht,* fügte Rae stumm hinzu. „Er bringt mir Schwimmen bei. Ich bin nämlich eigentlich sehr gern im Wasser. Aber ich habe mich nicht getraut, meinen Fuß auch nur in das flache Ende eines Schwimmbeckens zu setzen."
Schon wieder. Viel zu viel Information. Aber zumindest hatte es nicht so eingeübt geklungen. Es klang viel zu albern, um geprobt zu sein.
„Ist es bei dir und Zeke auch so?", fragte Mandy.
Jetzt geht es los, dachte Rae.
Aber Emma schien Lust zu haben, über Zeke zu reden. „Wenn ich mit ihm zusammen bin – ich weiß auch nicht –, das ist, als wenn in meinem Inneren eine Lampe angeht. Und wenn wir nicht zusammen sind, ist die Lampe aus, und alles ist grau und kalt."
Mandy warf Rae einen Blick zu, der leicht zu verstehen war. Ein Blick der ausrief: Um Himmels willen! Mandy war of-

fenbar zum selben Ergebnis wie Rae gekommen – dass Emma komplett hin und weg war, komplett gaga, komplett verliebt in Zeke.

Mandy rammte ihren Löffel so heftig in die Eiscreme, dass Emma die Schachtel aus der Hand fiel. „Entschuldigung", murmelte sie. Sie beugte sich nach unten, hob die Schachtel auf und gab sie Emma zurück. Rae hatte den Eindruck, als hätten Mandys Finger gezittert.

„Hört ... hört sich ja großartig an, mit Zeke", sagte Mandy. „Aber ist es denn auch so wie bei Rae und Anthony? Wenn es etwas gäbe, das du unbedingt tun willst – wäre ihm das dann auch wichtig? So wichtig, wie es dir ist? Denn so scheint es ja bei Rae und Anthony zu sein. Und ich denke – ich hoffe –, dass es eines Tages mit mir und diesem Jungen auch so sein wird."

„Ja. Absolut", antwortete Emma.

Mandy warf Rae einen weiteren Panikblick zu. Rae war klar, dass Mandy darauf wartete, dass sie etwas sagte. Bloß was? Emma würde niemals etwas Negatives an Zeke erkennen können. Das war nur zu klar.

„Bestimmt?", fuhr Mandy fort, als Rae sich nicht einschaltete. „Wenn du zum Beispiel auf die Uni in Los Angeles gehst, wird er – sagen wir mal – einen Transporter mieten und deine Sachen hinfahren? Würde er mit dir nach Los Angeles gehen? Wird er dich deine Hausaufgaben für die Uni abfragen?"

Das ist zu viel. Das ist viel zu viel, dachte Rae. Aber sie konnte den Zug nicht davon abhalten, in die Katastrophe zu rasen.

„Du hast wieder mal meine Telefongespräche belauscht, stimmt's?", fragte Emma. Sie drückte Mandy den Eisbecher in die Hand. „Hast du etwa Dad gesagt, was du gehört hast?"

„Wenn ich das getan hätte, hätte er dich schon in deinem Zimmer eingeschlossen", antwortete Mandy. „Du bist verrückt, wenn du glaubst, dass Zeke dich wirklich liebt. Wenn es so wäre, würde er wollen, dass du das Stipendium annimmst und ..."

„Raus hier!", befahl Emma. Ihre Stimme klang leise und kalt. „Auf der Stelle. Alle beide."

***

Der Schmerz der elektrischen Spannung brannte an Yanas Schläfen. „Was ist das?", fragte Eggar und zeigte ihr die Rückseite einer Spielkarte.

Yana hatte keine Ahnung. Ihr Hirn fühlte sich an wie ein Klecks geschmolzenes Eis.

„Was ist das?", wiederholte Eggar.

Langsam kam Yana auf die Wörter, die sie suchte. „Pik zwei", antwortete sie auf gut Glück.

Eggar legte die Karte mit dem Gesicht nach oben zwischen ihnen auf den Tisch. Herz sieben. „Die Elektroschocks scheinen keinerlei Effekt zu haben. Machen wir weiter."

Weitermachen? Himmel, waren sie denn noch nicht fertig?

Wenn sie weitermachten, würde ihr Gehirn nicht mal mehr ein Klecks sein. Sondern nur noch eine Pfütze. Yana riss sich die Elektrode herunter, die an der Seite ihres Kopfes befestigt war. Aus dem Augenwinkel erhaschte sie den Hauch einer Bewegung. Sie wandte sich zum Fenster und sah auf den Flur. Sie hatte erwartet, dort einen weiteren Mitarbeiter der Behörde zu sehen. Aber es war Sam. Der Freak, der sich gestern auf dem Parkplatz an sie herangemacht hatte. Er trug ein T-Shirt mit einem Schimpansen darauf. Um den Schimpansen herum hatte jemand eine Bahre gezeichnet und Fesseln an seine Hände und Füße gemalt. Jetzt deutete der Typ erst auf Yana, dann auf sich selbst und dann auf den Schimpansen – als wenn sie drei zusammengehörten. Dann drehte er sich um und lief weg.

„Wer war das?", fragte Yana.

Eggar stand auf und schloss die Jalousien. „Ablenkungen kannst du nicht gebrauchen", entgegnete er.

„Ich brauche eine Pause", sagte Yana.

„Wenn du wirklich der Intensität und den Möglichkeiten deiner Fähigkeiten auf den Grund gehen willst, musst du ..."

Das Öffnen der Tür unterbrach Eggar. Eine Frau in einem Anzug, der Geld, Geld, Geld zu schreien schien, trat ein. Sofort stand Eggar auf, suchte seine Notizen zusammen und ging hinaus. Die Frau setzte sich Yana gegenüber an den Tisch und lächelte. „Behandelt Eggar dich anständig?", fragte sie.

„Es ist in Ordnung", sagte Yana.

„Gut, gut", antwortete die Frau. „Hast du letzte Nacht gut geschlafen? Kann ich etwas für dich tun? Möchtest du die Kleider wechseln? Hast du Heißhunger auf irgendetwas? Ich bekomme um diese Zeit immer Heißhunger auf italienische Biscotti. Mit Schokoladenglasur."

Aha. Du spielst also die freundliche Regierungsagentin. Du tust, als wenn du nett zu mir sein wolltest, und dann mache ich alles, was du willst, nicht wahr?, dachte Yana. *Aber so einfach kriegst du mich nicht.*

„Wer sind Sie?", fragte Yana.

Die Frau strich sich mit perfekt manikürten Nägeln ihr dunkelrotes Haar aus dem Gesicht. „Ich bin Layla Cascone. Ich bin die Leiterin dieser Abteilung. Wir sind alle sehr froh, dass du zu uns gefunden hast. Ich bin sicher, dass wir dir helfen können, dein maximales Potential zu erreichen."

Und was soll ich dann für euch damit anstellen?, überlegte Yana. Das war die Eine-Million-Dollar-Frage. Sie stellte sie aber nicht. Sie nickte nur.

„Ich habe nur noch eine kurze Frage an dich. Dann hast du den Tag geschafft. Du siehst ganz schön mitgenommen aus", sagte Cascone. „Ich frage mich, wie du es angestellt hast, uns zu finden?"

Yana war weit davon entfernt, ihr zu verraten, dass Rae sie hierher geführt hatte. Stattdessen wollte sie alles tun, um Rae vor diesen Regierungs-Gorillas zu schützen.

Ja, und das wird sie zu schätzen wissen, dachte Yana. *Sie wird zu schätzen wissen, wie loyal du dich zu ihr verhältst und völlig vergessen, wie du versucht hast sie zu ... was war es noch gleich? Ach ja – sie umzubringen.*

„Meine Fähigkeit ...“, begann Yana.

„Hat dir diese Art Informationen nicht geben können“, beendete Cascone den Satz für sie. „Ich brauche eine wirklich zufrieden stellende Antwort.“ Sie nahm die Elektrode in die Hand, die an Yanas Schläfe befestigt gewesen war, und spielte mit ihr zwischen ihren Fingern. „Und ich würde sie viel lieber von dir hören, anstatt selbst danach forschen zu müssen.“ Sie legte die Elektrode vor Yana auf den Tisch.

Drohung angekommen, dachte Yana. Aber vielleicht bluffte Cascone ja nur? Vielleicht war es gar nicht möglich, diese Information aus ihrem Hirn zu pressen? Außerdem hatte sie ja mit der Zeit mitbekommen, dass sie sogar in der Lage war, ihre Gedanken vor anderen zu verschließen. Rae hatte niemals einen ihrer Fingerabdrücke lesen können. Aber warum sollte sie es riskieren? Yana wusste eine Antwort, von der sie glaubte, dass sie funktionieren würde.

„Ein Typ namens Aiden Matthews hat mir gesagt, wohin ich mich wenden muss“, antwortete Yana.

Anthony lief zur Sporthalle. Er hatte keine Lust auf das Footballtraining. Viel lieber wäre er unterwegs gewesen und hätte Yana gesucht. Aber wenn er das Training ausfallen ließ, würde der Trainer sauer werden. Und wenn der Trainer zu sauer wurde, würde Anthony von der Sanderson Highschool fliegen und wieder an der Fillmore Highschool landen. Was bedeutete, nicht mit Rae zur Schule zu gehen. Und nicht mehr die geringste Chance zu haben, nicht doch noch als Obernull zu enden. Das durfte nicht passieren.

Er schob seinen Rucksack höher die Schulter hinauf und ging an den Schließfächern entlang.

„Es ist einfach unglaublich, dass du mich so verraten hast", sagte eine Stimme hinter ihm. Bevor Anthony sich ganz umgedreht hatte, versetzte ihm jemand einen heftigen Stoß. Er stolperte rückwärts, knallte gegen die Bank hinter ihm und fiel hin. Bevor er sich wieder aufrichten konnte, war Salkow schon über ihm und drückte sein Knie gegen Anthonys Brust.

„Du wusstest genau, wie sehr ich Rae mochte. Und in dem Moment, in dem wir uns trennen, bist du schon mit ihr zusammen", schrie Marcus.

„Geh von ihm runter, Salkow", bellte McHugh Marcus an. Er riss ihn in die Höhe, und Anthony rappelte sich auf. „Der Trainer muss jeden Augenblick kommen."

„Weißt du, was mir dieser Lügner angetan hat?", schimpfte Marcus und sah Anthony wütend an.

„Wenn du mich fragst, hat er dir einen Gefallen getan", antwortete McHugh. „Rae ist eine Psychopathin. Sie kann jeden Moment überschnappen. Wenn du mit ihr zusammen geblieben wärst, hättest du vermutlich irgendwann keinen Kopf mehr."

„Du hast irgendwann keinen Kopf mehr, wenn du nicht aufpasst", drohte Marcus McHugh.

Sanders, bereits in Sportklamotten, stieß zur Gruppe hinzu. „Reg dich ab, Marcus. Du weißt doch selbst, dass du sie nicht mehr wolltest. Du hast selbst gesagt, dass du ..."

„Halt die Klappe, Sanders", schnitt Marcus ihm das Wort ab.

Anthony trat einen Schritt näher an Marcus heran. „Du hast sie nicht verdient."

„Du denn etwa?", fragte Marcus. „Du bist doch ein Versager. Du kannst kaum lesen. Du trägst Klamotten aus dem Kaufhaus. Und du meinst, du bist etwas Besseres als ich?" Er bewegte sich auf Anthony zu und kam ihm so nahe, dass sich ihre Brustkästen berührten.

„Hat sie sich für mich entschieden, oder hat sie das nicht?", fragte Anthony. Mehr konnte er nicht sagen. Alles, was Marcus ihm an den Kopf geworfen hatte, war richtig. Anthony blickte Marcus in die Augen und blinzelte so lange nicht, bis der andere wegsah. Dann wandte Anthony sich um und ging zu seinem Schließfach, und zwar langsam genug, um Marcus zu zeigen, dass er nicht weglief.

Anthony hörte, wie die anderen Marcus beruhigten. Ihm sagten, dass Rae all das doch gar nicht wert sei. Und dass Anthony es nicht wert sei. Er versuchte nicht hinzuhören und schlüpfte so schnell wie möglich in seine Sportklamotten. Er wollte raus aufs Spielfeld. Er konnte nur beten, dass Marcus im Trainingsspiel zur anderen Seite gehörte. Es würde Anthony das größte Vergnügen bereiten, diesen Idioten platt zu machen.

Er knallte seine Schließfachtür zu, ließ das Schloss einschnappen und lief dann zu den Doppeltüren, die in die Sporthalle führten, wo sie immer ihr Aufwärmtraining machten. Die Jungen schwiegen, als er an ihnen vorbeiging. *Ich glaube nicht, dass ich noch zu Partys der Mannschaft eingeladen werde,* dachte er. Wobei er nach dem heutigen Tag auch keinen Wert mehr darauf legte.

Anthony streckte schon die Hand nach dem Türgriff aus, als sein Blick auf das Münztelefon neben der Tür fiel. Er beschloss, Aiden kurz anzurufen. Anthony hatte kein Handy, darum würde Aiden ihn vor heute Abend nicht erreichen können. Um seine Informationen auf dem neusten Stand zu halten, dauerte es bis dahin zu lang.

Schnell warf er ein paar Münzen ein und wählte Aidens Nummer. Er hatte sie gleich auswendig gelernt, nachdem er sie bekommen hatte. „Ich bin es", sagte er, sobald Aiden abnahm.

„Du hast meine Nachricht bekommen. Das ist gut."

Anthony unterbrach ihn nicht, um ihm zu sagen, dass er keine Nachricht bekommen hatte.

„Ich weiß, wo Yana ist. Sie ist bei ..." Anthony hörte ein Geräusch wie von Plastik, das auf Holz aufschlägt. *Das Tele-*

fon ist heruntergefallen, dachte er. Dann hörte er einen unterdrückten Schrei. So hoch und lang gezogen, dass sich sämtliche Haare auf seinen Armen aufrichteten.

„Aiden, was ist passiert?", schrie er und betete innerlich, dass Aiden ihn hören konnte. „Bist du okay? Was ist passiert?"

Als Antwort kam nur Schweigen.

Kapitel Sieben

Rae legte ihr Handy auf das Armaturenbrett. Seitdem Anthony sie abgeholt hatte, hatte sie etwa fünfzig Mal versucht, Aiden anzurufen. „Keine Antwort", sagte sie zu Anthony.

„Wir sind so gut wie da", antwortete Anthony. Seine Stimme klang ruhig, aber er hielt das Steuer krampfhaft umklammert. „Siehst du da vorne links die Zahnarztpraxis? Da ist es."

Es stand kein Notarztwagen davor. Und Gaffer waren auch nicht zu sehen. Nichts Außergewöhnliches auf der ganzen Straße. Rae wusste nicht, ob sie das für ein gutes oder für ein schlechtes Zeichen halten sollte. *Aiden wird schon nichts passiert sein,* sagte sie sich. *Er ist es gewohnt, auf sich aufzupassen. Vielleicht ist er nur ... hingefallen und dabei ohnmächtig geworden. Darum geht er nicht ans Telefon.*

Anthony fuhr auf den Parkplatz der Zahnarztpraxis und stellte das Auto in die Lücke gleich vor der Tür. Bevor er den Schlüssel aus dem Zündschloss ziehen konnte, war Rae schon ausgestiegen. Sie lief zum Eingang und drehte den Türknauf. Abgeschlossen. Rae drehte heftiger, mit aller

Kraft, und ignorierte den Schwall Knistern, der ihren Kopf durchflutete – Geräusche ohne klare Gedanken. Nichts, was ihr weiterhelfen konnte. Sie musste hinein. Jetzt, jetzt, jetzt!

„Aiden, bist du da drinnen?", schrie Anthony. Er trat hinter Rae und donnerte gegen die Tür. „Mach schon, Aiden. Antworte uns!"

Rae und Anthony lauschten angestrengt. Aber von drinnen kam keine Antwort. „Lass es uns an der Rückseite versuchen." Anthony lief um das Gebäude herum. Rae folgte ihm auf dem Fuß. Ihr Herz krampfte sich zusammen, als sie die Hintertür an einer Angel hängen sah. Hier war eingebrochen worden.

Auf der Stelle blieb Anthony stehen. Er hob die Hand, bedeutete Rae nicht weiterzugehen. „Wir wissen nicht, ob der, der das hier verursacht hat, nicht noch da drinnen ist", flüsterte er.

„Wenn ja, muss er gehört haben, wie wir an die Vordertür gepoltert haben", flüsterte Rae zurück. „Aber wir müssen es riskieren. Wir müssen hinein."

Anthony nickte, dann schlich er zu der offen stehenden Tür. Rae krallte ihre Hände in den Rücken seines T-Shirts und folgte ihm. Kaum dass sie das Haus betreten hatten, blieb Anthony stehen. Rae lauschte. Aber außer ihren eigenen heftigen Atemstößen hörte sie nichts.

Anthony machte noch einen Schritt nach vorn. Und dann

noch einen. Raes Atem beschleunigte sich bei jedem Schritt. *Reiß dich zusammen,* befahl sie sich. *Wenn du nicht ordentlich durchatmest, kippst du um. Und wenn du flach auf dem Boden liegst, wirst du Aiden nicht helfen können.*

Sie konzentrierte sich darauf, langsam und tief einzuatmen und die Luft dann ruhig wieder auszuatmen. Einatmen. Und ausatmen. Einatmen.

Raes Finger krallten sich fester in Anthonys T-Shirt. „Riechst du das?", fragte sie und rümpfte automatisch ihre Nase aus Ekel vor dem widerlichen Gestank.

„Das ist Urin", antwortete Anthony ohne Bewegung in seiner Stimme. Er machte einen weiteren Schritt den Flur entlang.

Ja, das war es. Der Gestank von Urin. Aber ein anderer Geruch mischte sich noch hinein. Metallisch. Zäh. Er weckte einen Geschmack im hinteren Teil ihres Mundes – warm und salzig.

Blut. Das war der andere Geruch – Blut. „Aiden!", schrie Rae, bevor sie sich zurückhalten konnte.

Keine Antwort.

Rae ließ Anthony los und lief über den Flur. „Aiiiden!", schrie sie wieder, so laut, dass das weiche Gewebe im Inneren ihres Halses auszufransen begann.

„Hier ... Er ist hier drin", rief Anthony. Rae wirbelte herum und sah Anthony in der Tür zu einem Raum stehen, an dem sie vorbeigelaufen war. Sein Gesichtsausdruck vermittelte ihrem Körper ein Gefühl, als sei er mit Schlamm gefüllt: kalt, grau und schmutzig. Es waren nur etwa zehn Schritte zurück zu Anthony, aber es kam ihr vor, als lägen Meilen zwischen ihnen. *Lauf dahin zurück,* befahl sich Rae. *Lauf dahin zurück, auf der Stelle. Aiden braucht dich.*

Allerdings – wenn noch irgendetwas für Aiden zu tun wäre, dann stünde Anthony jetzt nicht dort und sähe mich an, sagte eine leise Stimme in ihrem Inneren. Rae hörte nicht auf sie. Sie konzentrierte sich darauf, den Abstand zwischen sich und Anthony zu überwinden. Den Abstand zwischen sich und dem Raum, in dem sich Aiden befand.

„Nein." Anthony fasste sie am Arm, als sie an der Tür ankam. „Du sollst das nicht sehen. *Ihn* nicht so sehen."

„Er braucht Hilfe", widersprach Rae. Sie machte sich von Anthony los und stürzte ins Zimmer. Aiden ... Aiden lag auf dem Boden, vollkommen still und unbeweglich. Sein Gesicht war von ihr abgewandt. Rae ließ sich neben ihm auf die Knie fallen. Wiederbelebung. Das war es, was er brauchte. Wiederbelebung. Warum stand Anthony noch da herum? Merkte er nicht, worum es ging?

Rae nahm Aidens Kopf in ihre Hände und drehte ihn, bis er zur Decke sah. Was jetzt? Was jetzt?

Beinahe im gleichen Moment fiel ihr die Antwort ein. Als sie im letzten Jahr einen Erste-Hilfe-Kurs gemacht hatte, hatte sie es immer wieder an einer großen Plastikpuppe geübt. An der Schulter anfassen. Den Namen rufen.

Rae ließ ihre Faust auf Aidens Schulter hinabsausen. „Aiden!", rief sie. „Aiden, hörst du mich?"
Keine Antwort. Was jetzt?
„Hör auf, Rae", sagte Anthony. Aber er klang so weit entfernt. Rae antwortete ihm gar nicht. Er verstand nicht, was sie tat. Er verstand nicht, wie wichtig es war.
Und jetzt?, fragte sie sich wieder. Den Kopf kippen. Das war es. Rae schob Aidens Kinn in die Höhe und drückte seine Stirn nach hinten, bis sich sein Kopf in der richtigen Position zur Wiederbelebung befand. Es ging schwer. Sein Hals war schwer zu bewegen. Aber es gelang ihr. Was jetzt? Wie ging es weiter?
„Komm schon, Rae." Rae fühlte Anthonys Hände an ihren Schultern. Aber sie sah nicht zu ihm auf. Sie versuchte nachzudenken. *Wie ging es weiter?*
Die Atemwege frei machen. Das hieß, den Mund öffnen. Anthony begann an ihren Schultern zu ziehen. „Er muss wiederbelebt werden!", fauchte sie. Mit beiden Händen öffnete sie Aidens Mund.
In seinem Inneren befand sich etwas. Etwas, das den Atemweg blockierte. Kein Wunder, dass er nicht atmete.
Vorsichtig griff Rae in Aidens Mund tastete nach dem Gegenstand. Dann zog sie ihn mit einem kurzen Ruck heraus. Es war ... Papier. Eine Papierkugel.
„Kann ich mal sehen?", fragte Anthony.
Rae antwortete nicht. Sie musste die Wiederbelebung fort-

setzen. Jede Sekunde war entscheidend. *Muss ich auf den Brustkorb drücken oder Mund-zu-Mund-Beatmung machen?* Warum konnte sie sich nicht daran erinnern? Warum sollte man all das lernen, wenn man sich bei einem echten Notfall nicht daran erinnern konnte?

Tu einfach irgendetwas, sagte sie sich. Sie senkte ihren Mund auf Aidens Mund herab. Bevor sich ihre Lippen treffen konnten, riss Anthony sie auf die Beine und drehte ihr Gesicht zu sich um. „Rae, Aiden ist tot!", sagte er. „Er ist tot! Du kannst nichts mehr für ihn tun. Niemand kann mehr etwas für ihn tun!"

Rae wandte sich um und sah auf Aiden herab. Auf seine *Leiche* herab. Wie hatte sie nur eine Sekunde lang denken können, dass er noch lebte? Er wurde doch schon steif. Sie hätte es bemerken müssen, sobald sie ihn berührte. Und all das Blut. So viel Blut! Sie hatte es schon an den Händen, auf ihrer Khakihose ...

„Alles in Ordnung?", fragte Anthony.

„Ja", antwortete Rae und starrte noch immer Aidens Leiche an. „Ja", wiederholte sie und zwang sich, ihren Blick wieder Anthony zuzuwenden. „Ich wollte ... ich wollte wohl, dass er noch lebt." Sie hatte Mühe, die Worte hinter dem salzigen Klumpen unterdrückter Tränen hervorzuzwängen.

„Ich weiß." Anthony ergriff ihre Hand. „Kann ich das Papier sehen?"

Unwillkürlich ballte Rae ihre Faust fester zusammen. „Lass

mich es tun“, antwortete sie. Sie zwang ihre Finger, sich zu öffnen, dann faltete sie das zusammengeknüllte Papier auf. Es enthielt eine Nachricht. Eine Nachricht an sie.
Schwarze Punkte explodierten vor Raes Augen. Sie blinzelte heftig, bis sie wieder verschwanden. Dann las sie die Worte auf dem feuchten, verknitterten Zettel.

Rae, vergiss uns. Oder stirb.

Anthony saß auf Raes Bett und wartete darauf, dass sie aus der Dusche kam. Sie hielt sich schon eine ganze Weile dort auf. Was einzusehen war, bei den Mengen von Blut, die sie abbekommen hatte. Bestimmt hatte sie mittlerweile alles abgewaschen. Aber er konnte sich vorstellen, dass sie immer noch das Gefühl hatte, es an sich kleben zu haben.
Für einen Moment durchzuckte ihn die Erinnerung daran, wie Rae sich über Aidens Leiche gebeugt hatte; ihre Hände auf seinem Gesicht, seine toten Augen, die sie anstarrten. Er hätte mehr daransetzen sollen, sie aus diesem Raum herauszuhalten. Sie konnte es nicht gebrauchen, dass sich der Anblick von Aidens Leiche für den Rest ihres Lebens in ihrem Kopf festsetzte.
„Einen Penny für deine Gedanken.“ Anthony drehte seinen Kopf ruckartig zur Badezimmertür. Dort stand Rae, mit nassen Haaren von der Dusche, nackten Füßen und einem angestrengten Lächeln auf ihrem Gesicht. „Obwohl auch das

noch Geldverschwendung wäre. Ich weiß schon, woran du denkst. An Aiden."

Anthony nickte. Rae ging zum Bett und setzte sich neben ihn. Sie nahm seine Hand, und er merkte, dass sie darauf achtete, seine Fingerspitzen nicht mit ihren zu berühren. Sie hatte das Wachs noch nicht wieder aufgelegt. „Es spielt keine Rolle", sagte er und sah auf ihre ineinander verschränkten Hände. „Du weißt ohnehin schon alles über mich."

„Es gibt trotzdem noch so etwas wie eine Privatsphäre", antwortete Rae. Sie seufzte. „Tja."

„Tja", sagte Anthony ebenfalls.

„Vielleicht sollten wir darüber reden." Rae umklammerte Anthonys Hand fester.

„Ja", stimmte er zu. Während der ganzen Rückfahrt hatten sie schweigend Radio gehört oder sich kurze, nichts sagende Kommentare zu Belanglosigkeiten zugeworfen. Aber sie konnten nicht einfach weiter so tun, als sei nichts passiert.

„Das können nur die Leute von der Behörde gewesen sein, die ihn umgebracht haben", sagte Rae.

„Ja. Sie müssen herausgefunden haben, dass er Yana versteckt gehalten hat." Während Anthony an Aiden dachte, stieg ihm wieder der Geruch von Urin und Blut in die Nase. Der Geruch des Todes.

„Und dass er versucht hat, mir zu helfen", fügte Rae hinzu. „Sie wussten also, dass ich Kontakt zu ihm hatte." Ihre Augen irrten zu ihrem Schreibtisch. In ihm hatte sie die Nachricht versteckt.

Es kommt mir fast vor, als hätte ich dazu beigetragen, den Typen umzubringen, dachte Anthony. *Ich habe ihn gebeten, Rae zu helfen. Und jetzt ist er Würmerfraß.* „Denk jetzt nicht, dass es etwa deine Schuld ist", sagte er zu Rae – wobei er ebenso zu sich selbst wie zu ihr sprach. „Er hat uns geholfen. Stimmt. Aber er hatte keine weiße Weste. Er war dabei, als die Experimente an deiner Mutter durchgeführt wurden. Er wusste, dass Mercer Leute umbrachte. Und er hat nicht versucht, ihn daran zu hindern."

„Er hat die Behörde davon abgehalten, mich zu töten. Oder was immer sie vorhatten, als sie das Motelzimmer gestürmt haben, wo ich mich mit Mercer getroffen hatte, und sie ihn umlegten", erinnerte Rae Anthony. „Sie hätten mich mindestens für den Rest meines Lebens gefangen halten können."

„Ja." Was hätte er sonst sagen sollen? Er hätte gern etwas Brillantes gesagt, etwas, das irgendwie alles gut gemacht hätte. Aber ihm fiel nichts ein.

Anthony ließ Raes Hand los und legte seinen Arm um sie. Er zog sie so nah an sich heran, dass er ihr Herz an seine Brust schlagen fühlen konnte. Als er einatmete, erfüllte ihr frischer Grapefruitduft seine Lungen und reinigte sie vom Geruch des Todes.

Die Tatsache, dass Aiden tot war, konnte er akzeptieren. Es

war nicht etwa so, als wäre er darüber glücklich gewesen. Aber er konnte damit umgehen. Aiden hatte es irgendwie selbst dazu kommen lassen.

Aber wenn Rae ... er schnitt diesen Gedankengang ab, bevor er ihn zu Ende gedacht hatte, und vergrub sein Gesicht in ihrem feuchten Haar. Sie schlang ihre Arme enger um ihn.

Die Zeit anhalten, dachte er. Mehr als das musste in seinem Leben nicht mehr passieren. *Könnte bitte jemand in diesem Moment die Zeit anhalten.*

***

Geh nach Hause und tu so, als wäre alles wie immer. Die hat gut reden, dachte Yana. Sie überquerte den Rasen vor ihrem Haus. Es kam ihr verändert vor. Als wenn sie Millionen Jahre weg gewesen wäre. Dabei waren es nur ein paar Wochen gewesen.

Ob Dad überhaupt mitbekommen hat, dass ich nicht da war?, dachte sie, als sie die Tür aufschloss. *Vielleicht doch,* entschied sie, als sie sah, in welchen Saustall er das Haus verwandelt hatte. Eigentlich musste er bemerkt haben, dass ihm niemand mit der Schaufel hinterhergerannt war.

Ich soll also ein ganz normales Leben führen – abgesehen von meinen Trainingsstunden für meine Gabe, dachte Yana. Sie schloss die Tür und trat ins Wohnzimmer. So hatte Ms Cascone es ihr aufgetragen. *Das heißt wohl, ich soll ...*

„Yana? Bist du das?" Bevor sie antworten konnte, schob sich

ihr Vater ins Wohnzimmer und in ihr Blickfeld. „Wo zum Teufel bist du gewesen?"

Als wenn dich das interessieren würde, dachte Yana. „Bei einer Freundin. Du sagst doch immer, dass du mehr Privatsphäre brauchst – für dich und für wie heißt sie noch. Darum habe ich gedacht, ich gönne euch beiden mal ein paar Flitterwochen."

„Wenn du vorhast, nicht nach Hause zu kommen, erwarte ich einen Anruf", sagte er und klang so, als wollte er die Väter aus den Fernsehserien imitieren. Was vielleicht auch der Fall war. Von selbst wäre er jedenfalls niemals auf so etwas gekommen.

„Gut. Beim nächsten Mal. Tut mir Leid", sagte Yana. Sie hätte ohne weiteres Gedanken in seinen Kopf senden und die Unterhaltung im selben Moment beenden können. Aber ihr Hirn fühlte sich an, als hätte es Gefrierbrand.

„Du klingst nicht so, als wenn es dir besonders Leid täte", fuhr er fort. Aber seine Serien-Vater-Imitation begann schon zu wackeln. Er hatte seine Hawaii-Toasts und seine Frikadellen vermisst. Dessen war sie sich ganz sicher. Wäre es nicht deswegen und wegen des Putzens gewesen, hätte er genauso gut annehmen können, dass sie sich wochenlang in ihr Zimmer eingesperrt hatte.

„Es tut mir Leid", antwortete Yana. Sie fand selbst, dass sie nicht so klang, als wollte sie sich entschuldigen. Trotzdem fuhr sie fort: „Es war unvernünftig." Das war doch das, was ein Serien-Vater hätte hören wollen. „Ich werde es auch nicht wieder tun. Aber jetzt muss ich ins Bett. Morgen habe ich Schule."

Ohne ihm eine Gelegenheit zur Antwort zu lassen, ging sie hinaus und lief in ihr Zimmer. Es kam ihr ebenfalls verändert vor. Kleiner. Aber sie war heilfroh hier zu sein. Nachdem sie bemerkt hatte, dass alle Mitglieder der Behörde ihre Gedankenübertragung abblocken konnten, war sie sich sicher gewesen, das Wilton Center niemals mehr lebend verlassen zu können.

Aber wie auch immer. Sie hatte die Erlaubnis, jeden Tag dorthin kommen zu können. Oder mehr als eine Erlaubnis. Wenn sie sich nicht mehr blicken ließ, würden die Gorillas sie aufspüren. Und irgendwie würde sie schon einen Weg finden, um den ganzen Laden zu vernichten. Für ihre Mutter. Und für sich selbst. Und für Rae – auch wenn die Yana wohl nie mehr auf unter hundert Meilen an sich herankommen lassen würde.

Ohne die Bänder aufzuknüpfen, zog Yana ihre Schuhe aus, dann streifte sie die Jeans ab. Sie fiel in ihr Bett, mit dem T-Shirt, das sie schon viel zu lange trug. Sie wollte nur noch eins: schlafen. Aber ihr Bett fühlte sich dazu nicht richtig an. Sie drehte sich auf die Seite, sodass sie die Wand ansah, und stopfte sich das Kissen anders unter den Kopf. Es half nicht. Sie warf sich wieder auf den Rücken. Die neue Position war auch nicht bequemer.

Eigentlich müsste ich auf einem Haufen Steine schlafen können, dachte Yana. *So müde bin ich.* Stattdessen juckte es sie überall. Vielleicht hätte sie ein anderes T-Shirt anziehen sollen. Yana setzte sich auf und schaltete die schwache Lampe auf ihrem Nachttisch ein.
Eine Bewegung an der gegenüberliegenden Seite des Raumes fiel ihr ins Auge, und sie erstarrte. Waren sie ihr gefolgt? Sie blinzelte, sah zu ihrem Schreibtisch.
„Oh, mein Gott", flüsterte sie. Der Stift auf ihrem Schreibtisch – er schrieb von allein. *Du bist eingeschlafen,* sagte sie sich. *Du hast es nicht gemerkt, aber du bist eingeschlafen, und jetzt träumst du.*
Der Stift hörte auf zu schreiben und fiel vom Schreibtisch. Er hüpfte kurz, als er auf dem Boden auftraf. *Du bist eingeschlafen,* sagte Yana sich wieder. Aber es fühlte sich nicht an, als wenn sie schliefe. Sie hatte eine Gänsehaut bekommen. Das passierte in einem Traum doch nicht. Und in einem *normalen* Traum sahen die Dinge eigentlich auch nicht so deutlich und klar aus, oder?
„Du weißt, dass du nicht träumst. Also hör auf, es dir einzureden", sagte sie laut. Sie zwang sich aufzustehen, dann ging sie mit zitternden Beinen zu dem Stift. Sie hob ihn auf. Er blieb ganz normal in ihrer Hand liegen. Die Plastikhülle fühlte sich kühl an.
Yana legte den Stift auf ihren Schreibtisch und betrachtete ihn. Sie wartete darauf, dass er sich wieder bewegte. Was er

nicht tat. Hatte sie vielleicht doch geträumt? Was glaubte sie denn eigentlich? Natürlich hatte sie geträumt! Das war die einzige Erklärung. Sie zog ihren Schreibtischstuhl zurück und setzte sich. Bevor sie die wenigen Schritte zurück zum Bett machte, musste sie sich ausruhen. So weich fühlten sich ihre Beine an.

Ich will meinen Kopf nur ein paar Augenblicke auf die Tischplatte legen, dachte sie. Dann sah Yana sie: die Nachricht. Die Nachricht, die der Stift geschrieben hatte:

Halt dich fern vom Wilton Center,
wenn dir dein Leben lieb ist.

Kapitel Acht

Yana parkte ihren Käfer zwischen zwei Kleingeländewagen. Dann stieg sie aus und schlug die Tür zu. „Willkommen in der Welt der langweiligen Reichen", knurrte sie. Wenn sie das Geld gehabt hätte, das die Leute an dieser Schule besaßen – Yana schüttelte den Kopf. Über diesen Quatsch sollte sie lieber nicht nachdenken. Vor allem nicht, nachdem sich gezeigt hatte, wozu diese Art zu denken beinahe geführt hätte. Sie schauderte, als sie sich daran erinnerte, dass sie aus einem ganz bestimmten Grund hier war. Und wo war nun dieser Grund? Yana musterte die Gruppen von Leuten, die aus der Sanderson Highschool herausströmten. Nein. Nichts. Wieder nichts. *Bin ich vielleicht zu spät dran?* Sie sah von Gesicht zu Gesicht zu Gesicht.

Ah, da bist du ja. Yana überquerte den Parkplatz. Anthony sah sie kommen und ging ihr eilig entgegen. Bevor sie ein Wort sagen konnte, schubste er sie gegen das nächste Auto – wieder ein Kleingeländewagen, natürlich.

„Was willst du hier?", platzte er heraus. „Ich sage dir eins: Sobald du auch nur daran denkst, Rae etwas zu tun, bringe ich dich um."

Yana versuchte auszuweichen, aber Anthonys Finger gruben sich in ihre Schultern. „Hör mal, ich habe herausgefunden ..."
„Was bist du für eine hinterlistige Hure!", fiel Anthony ihr ins Wort. „Du willst ein unschuldiges Mädchen umbringen, wegen einer Sache, von der du glaubst, dass ihre Mutter sie getan hat? Hast du eigentlich noch alle Tassen im Schrank?"
Yana schloss die Augen und versuchte die Worte über sich hinwegschwappen zu lassen. Aber er sagte all das, was sie gedacht hatte.
„Rae wollte nichts lieber, als deine Freundin sein", schimpfte Anthony weiter. „Das war alles. Und du ..."
„Lass mich in Ruhe, wenn du nicht gleich deine Hände um deinen eigenen Hals haben willst", sagte Yana. Sie öffnete ihre Augen und sah ihn an. Einen Moment lang erwiderte er ihren Blick, und seine braunen Augen loderten vor Zorn. Dann ließ er sie los und trat einen Schritt zur Seite. „Du hast kein Recht über mich zu urteilen. Deine Mutter lebt noch", sagte sie.
„Und das entschuldigt alles?", fragte er. „Damit ist es okay, dass du ..."
Was immer er sagen wollte – Yana wollte es nicht hören. „Mein Dad hat gesagt, du hast mich gesucht. Darum bin ich hier", unterbrach sie ihn. „Ich will verdammt noch mal, dass du dich von meinem Haus fern hältst. Und genauso verdammt noch mal von mir." Das war alles, was sie ihm zu sa-

gen hatte. Sie wollte sein Gesicht niemals wiedersehen. Sie ertrug es nicht, was sie in seinen Augen sah, wenn er sie anblickte. Alles, was sie sich selbst schon so oft gesagt hatte, stand dort geschrieben. Yana wandte sich um und wollte weggehen. Aber er fasste sie am Arm und schleuderte sie herum, dass sie ihn wieder ansah.

„Es ist mir egal, wenn du mich dazu bringst, mir selbst etwas anzutun", sagte Anthony, und seine Stimme klang leise und barsch. „Damit ich dich in Ruhe lasse, musst du mich schon umbringen. Ich werde dich jede Sekunde im Auge behalten. Und wenn du nur an Rae denkst ..."

„Ich will Rae doch gar nichts tun", platzte Yana heraus. „Wenn du mir nur mal zuhören würdest! Ich wollte dir gerade erzählen, dass ich die Wahrheit herausgefunden habe. Ich weiß jetzt, dass es gar nicht Raes Mutter war, die meine Mom umgebracht hat. Ich werde sie in Ruhe lassen. Und ich will nur, dass du mich auch in Ruhe lässt."

Anthony antwortete nicht.

„Okay?", fauchte Yana.

„Ach, ich soll noch irgendetwas glauben, was du mir erzählst?", fragte er. „Alles, was jemals aus deinem Mund gekommen ist, war eine Lüge. Alles, was du zu Rae gesagt hast. Alles, was du zu mir gesagt hast. Alles Lügen."

„Ich bin auch schon angelogen worden", knurrte Yana.

„Aber nicht von mir. Und nicht von Rae", antwortete Anthony und verschränkte die Arme vor der Brust.

„Stimmt. Von euch beiden nicht. Aber ihr seid ja sowieso Heilige, nicht wahr?", schoss Yana zurück. „Ich aber nicht. Meine Mutter ist tot, und die Leute, die sie umgebracht haben, sollen keine Gelegenheit haben, noch mal jemandem dasselbe anzutun. Aber du und die heilige Rae – ihr könnt euer Leben einfach weiterleben und märchenhaft glücklich werden." Yana warf einen Blick auf ein paar Privatschüler, die umherschlenderten. „Allerdings solltest du dich nicht wundern, wenn sie dich irgendwann wegen so eines verwöhnten Reiche-Leute-Bubis fallen lässt." Yana wandte sich um und ging davon – rasch, sodass er sie nicht noch mal festhalten konnte.

„Willst du es vielleicht mit der Behörde aufnehmen?", rief Anthony ihr hinterher.

Yana ging weiter. Sie musste weg von hier. Und von ihm. Sie konnte keine Sekunde mehr an Anthony oder an Rae oder an irgendetwas anderes denken – nur noch daran, auf welche Art sie die Behörde vernichten konnte.

„Yana, das ist Selbstmord." Yana hörte, wie Anthony hinter ihr her kam, bis er sie eingeholt hatte. Dieses Mal fasste er sie nicht an, und sie ging weiter. „Sie haben gerade Aiden Matthews umgebracht. Und das heißt, dass sie Rae auch umbringen werden, wenn sie nicht den Mund hält und schweigt."

Yana machte noch einen Schritt. Ihr Fuß glitt von ihrer Plateau-Sandale. Sie strauchelte. Ohne dass sie sich wieder fangen konnte, fiel sie hin und schlug sich das Knie auf dem Asphalt des Parkplatzes auf. Tränen standen ihr in den Augen. Sie blinzelte sie weg. Aber es kamen mehr, und ihre Nase begann ebenfalls zu laufen.

Hör auf, befahl sich Yana. *Auf der Stelle.* Sie wischte sich mit dem Ärmel über die Augen und die Nase und rappelte sich auf. Dann wandte sie sich um und sah Anthony an. „Aiden ist tot?"

„Ja. Und Rae hat eine Warnung bekommen. Dass sie auch tot ist, wenn sie noch ein Wort über die Behörde verliert", antwortete er. „Es wird ihnen nichts ausmachen, dich wie eine Küchenschabe zu zerquetschen."

„Er ist tot ... das kann nicht sein. Ich war doch bei ihm ... Er war ..." Yana sprach nicht zu Ende. Sie konnte sich nicht mehr erinnern, was sie hatte sagen wollen. Ihr Hirn war mit einem Mal ganz vernebelt. Sie biss sich in die Innenseite ihrer Wange, bis sie der Schmerz aus ihrem umnebelten Selbst riss. „Sie haben ihn umgebracht, weil sie dachten, er würde mir helfen, richtig?"

Anthony zuckte die Schultern und sah sie nicht an. „Ich denke, sie waren nicht allzu glücklich, dass er gegangen ist. Oder es zumindest versucht hat. Ich glaube nicht, dass man von dort wirklich noch mal wegkommt."

Bla, bla, bla. Was er in Wirklichkeit sagte, war „ja". Die Innenseite ihrer Nasenlöcher begann zu jucken, und sie merkte, dass sie im nächsten Moment wieder losheulen würde.

„Ich muss jetzt gehen", sagte sie leise. Ihr Auto stand nur wenige Schritte entfernt. Alles, was sie wollte war einsteigen und vom Parkplatz fahren, bevor sie die Beherrschung verlor.

Aiden hat an den Experimenten mitgewirkt, sagte sie sich. *Man kann nicht sagen, dass er es nicht verdient hätte.* Eine siedend heiße Träne fiel auf ihre Wange herab. Yana erreichte ihr Auto und riss die Tür auf.

„Sei nicht dumm, Savari", rief Anthony, als sie sich auf den Fahrersitz fallen ließ.

„Es ist mir egal, was mit mir passiert", antwortete Yana, ohne ihren Kopf zu wenden. „Solange ich dafür sorgen kann, dass diese Bastarde zahlen."

Rae befand sich in der Zone. Sie dachte nicht mehr, wandte keine „künstlerische Mathematik" mehr an, keine der-Abstand-zwischen-Anthonys-Augen-ist-einen-Bruchteil-kleiner-als-die-Weite-eines-Auges-Berechnungen. Nichts von all dem. Nun gut, vielleicht versuchte sie noch irgendwo in ihren tiefsten Hirnschichten die Verhältnisse zu erfassen und die Proportionen richtig anzulegen. Aber es kam ihr so vor, als wüsste ihre Hand einfach, was sie machen musste, und Rae hatte nichts weiter zu tun, als sie gewähren zu lassen. Und im Moment war ihre Hand überall auf dem Zeichenblock, wischte kleine Partien aus, um Anthonys dunkles Haar besser leuchten zu lassen, arbeitete die Kontur seines

Ohres heraus und radierte vorsichtig an seinen Augäpfeln, damit sie hell genug erschienen, weil sie ja schließlich blau waren.

Moment! Rae fuhr herum, und der Stift fiel ihr aus der Hand.

„Bin ich etwa so hässlich?", frotzelte Anthony und nutzte die Gelegenheit zu einer kleinen Pause, um seine Stellung zu verlassen und sich zu recken.

„Nein, natürlich nicht", knurrte Rae, während sie um ihren Schreibtischstuhl herum nach ihrem Stift tastete. Anthony fasste ihre Hand. „Hey. Was ist?"

„Nichts", antwortete Rae. Sie versuchte ihre Hand wegzuziehen, um weiter nach dem Stift zu suchen, aber Anthony ließ sie nicht los.

„Das stimmt nicht. Ich sehe es dir an. Was ist los?", fragte Anthony noch einmal.

Rae drehte ihren Zeichenblock herum, sodass er ihn sehen konnte. „Fällt dir etwas auf?"

„Das ist gut", antwortete Anthony. „Du bist richtig gut. Wobei ich ja nichts davon verstehe ..."

„Die Augen. Sieh dir mal die Augen an", drängte Rae. Sah er es denn nicht?

„Ich glaube, sie sitzen ein bisschen höher als meine ...", begann Anthony. „Oder soll ich noch etwas anderes sehen? Ich habe dir doch gesagt, ich verstehe nichts von ..."

„Das sind Yanas Augen", fiel Rae ihm ins Wort. „Ich habe

Yanas Augen in dein Gesicht gemalt." Sie drehte den Zeichenblock wieder zu sich und betrachtete die ihr gut bekannten Augen. Ihr Anblick verursachte ihr ein Prickeln im Nacken.

„Dann radier sie doch aus", schlug Anthony vor.

„Ja. Okay", antwortete Rae. Sie nahm einen großen Radierer von ihrem Tisch, schaffte es aber nicht, ihn auf das Papier zu setzen. Ihre Hand begann zu zittern.

„Was ist denn?" Anthony klang ungeduldig. „Rae, was ist?", fragte er noch einmal, sanfter.

„Sie sehen so verängstigt aus", sagte Rae. „Yanas Augen gucken so ängstlich." Sie konnte sich nicht heraushalten. Jetzt wusste sie es. Sie hatte es Anthony versprochen, sogar noch nachdem er ihr von Yanas Absicht erzählt hatte, aber sie steckte zu tief in der Sache drin, und es gab für sie keinen Weg sich herauszuhalten.

„Kann ich hereinkommen?", fragte Rae.

„Nein", antwortete Yana und versuchte ihren Schrecken zu verbergen. Das Letzte, was sie erwartet hatte, als sie die Haustür geöffnet hatte war – dies. Und ebenso war es das Letzte, was sie wollte. Sie konnte ihre verdammten Augen schon brennen fühlen. Gab es denn kein Höchstmaß, wie viel man an einem Tag heulen konnte? Eigentlich hätte es das geben müssen.

Rae hob die Augenbrauen. „Äh ... tja. Wie wäre es ... wie

wäre es, wenn ich dann einfach hier stehen bliebe, um einen Augenblick mit dir zu reden?" In ihren Augen und ihrer Stimme lag Angst. Rae hatte immer noch Angst vor ihr.

Anstatt einer Antwort nickte Yana. Als wenn jemand anders diese Bewegung an ihrem Kopf ausführte. Eigentlich hatte sie wieder Nein sagen wollen – allein Raes Anblick brachte sie viel zu nahe daran, die Fassung zu verlieren – aber wie wäre sie dazu gekommen? Yana hätte eigentlich alles tun müssen, was Rae wollte. Alles. Stattdessen ließ sie sie noch nicht mal ins Haus. Wenn Rae also unbedingt hier stehen und ihr den Marsch blasen wollte – wie Anthony es getan hatte – und ihr erklärte, was für eine widerwärtige Person sie war, würde Yana ihr zuhören müssen.

„Ich werde es kurz machen", sagte Rae. „Anthony hat mir erzählt, dass du es mit der Behörde aufnehmen willst. Tu das nicht."

Yana blinzelte. „Warum kümmerst du dich überhaupt darum?", platzte sie heraus.

„Gute Frage." Rae sah Yana einen Moment unbeweglich an. Als versuchte sie, eine Antwort zu finden. Und sich schwer tat. „Weil ... Weißt du was? Ich weiß es selbst nicht. Ich sollte mich nicht darum kümmern. Du hast versucht, mich umzubringen. Übrigens, ganz nebenbei: Vielen Dank für die Entschuldigung."

„Ich wusste nicht ... was hätte ich denn sagen sollen?", erwiderte Yana. „Dafür müsste es ... ganz andere Wörter geben.

Entschuldigung, das sagt man, wenn man jemandem auf den Fuß getreten ist." Und jawohl, Damen und Herren, Yana weinte wieder.

„Dann hättest du ja eine Karte kaufen können", sagte Rae, und der Zorn verklang in ihrer Stimme.

Yana schnaubte und versuchte sich wieder unter Kontrolle zu bringen, um nicht komplett loszuheulen. Das war wirklich unglaublich! Rae war auch noch nett zu ihr. War dieses Mädchen überhaupt ein menschliches Wesen?

„Um auf deine andere Frage zurückzukommen: Ich kümmere mich darum, weil dir und mir eine Menge gleicher Dinge passiert sind. Nur, dass ich es leichter hatte. Ich hatte meinen Vater. Wer weiß, wie ..." Rae sprach nicht zu Ende.

„Wer weiß, wie du geworden wärst, wenn du einen Vater wie meinen gehabt hättest?", ergänzte Yana. „Das wolltest du doch sagen, nicht wahr?"

Rae zuckte hilflos die Schultern. „Ich glaube ja", gab sie zu. „Aber es ist auch egal, warum ich mich darum kümmere. Ich bin hier, und du solltest mir zuhören. Du bist nur eine einzige Person. Du kannst es nicht mit der Behörde aufnehmen und auch noch gewinnen."

„Ich kann aber nicht einfach gar nichts tun", sagte Yana. Sie wischte sich das Gesicht mit dem Halsausschnitt ihres T-Shirts ab.

„Was hast du vor? Hast du überhaupt einen Plan?", fragte Rae.

Über Raes Schulter hinweg fiel Yanas Blick auf einen unbekannten Wagen, der sein Tempo verringerte, während er sich ihrem Haus näherte. Als er in die Einfahrt fuhr, wandelte sich ihr Herz zu Stein.

„Was ist?", fragte Rae.

Als der Wagen die Einfahrt nur zum Drehen benutzte, wurde Yanas Herz langsam wieder zu lebendigem Fleisch. *Aber das hätte Gott weiß wer sein können,* dachte Yana. *Himmel, die Leute von der Behörde haben mich vermutlich 7 Tage die Woche 24 Stunden lang unter Beobachtung. Wenn sie mich mit Rae zusammen sehen ...*

„Geh jetzt. Du hast geredet. Ich habe zugehört. Jetzt geh!", fauchte Yana.

„Das ist alles? Einfach: geh?", fragte Rae, und ihre blauen Augen weiteten sich vor Erstaunen.

„Du hast doch gesagt, was du zu sagen hattest, oder nicht?", fragte Yana. Sie musste Rae loswerden. Wenn die Behörde sie zusammen sah, würden sie – wenn Yana erst getan hatte, was sie tun musste – noch annehmen, dass Rae etwas damit zu tun hatte. Und dann würden sie sie umbringen.

„Ich habe es gesagt, aber ich glaube nicht, dass du es richtig verstanden hast. Wie immer auch dein Plan aussehen mag – falls du einen hast – er wird nicht gut genug sein", sagte Rae, und ihre Stimme wurde immer lauter. „Diese Leute sind Profis. Sie ..."

Yana schloss sanft die Tür. Sie blickte durch den Spion, bis

Rae sich schließlich umwandte, den Weg hinablief und aus ihrem Blickfeld verschwand.

Ob ich sie jemals wiedersehen werde?, überlegte Yana. Aber eins war zumindest klar: Wenn Yana die Sache hinter sich hatte, würde Rae nie mehr in Gefahr sein.

Kapitel Neun

Aiden ist tot, schienen Yanas Turnschuhe zu flüstern, während sie über den Hauptflur des Wilton Centers lief. *Aiden ist tot. Aiden ist tot. Aiden ist tot.* Dies zu wissen, zu wissen, dass die Behörde einen ihrer eigenen Leute umgebracht hatte, verlieh dem Center etwas noch Bedrückenderes. Nicht dass sie nicht immer schon gewusst hatte, dass dieser Ort gefährlich für sie war. Aber jetzt war die Bedrohung irgendwie realer. Alles kam ihr verändert vor. Die Wandgemälde, die die Leute aus den Kunstkursen angefertigt hatten, schienen die Farbe verloren zu haben. Die Töne der Gitarrenklasse, die gerade übte, klangen traurig.

Die sollten bei Aidens Beerdigung spielen, dachte sie. *Denn Aiden ist tot. Aiden ist tot. Er hat bekommen, was er verdient hat,* rief sie sich ins Gedächtnis. Für ihn würde sie keine Tränen vergießen. Okay, nachdem sie Rae fast aus dem Weg geschafft hatte, hatte der Typ sie zu sich genommen, anstatt sie der Polizei oder der Behörde zu übergeben. *Aber es ist nicht so, als wenn ...*

Yana blieb abrupt stehen. Hatte Aiden vielleicht mehr getan als das? War er es, der ihr diese Nachricht geschickt hatte?

Sie wusste nicht genau, wann er gestorben war. Vielleicht war dies das Letzte gewesen, was er getan hatte? Vielleicht ...

Es gibt keinen Grund, das zu glauben, sagte sich Yana. *Wenn Aiden die Fähigkeit gehabt hätte, Dinge durch Willenskraft zu bewegen, hätte er versucht, dich damit fertig zu machen, als du Rae in der Hütte gefangen hieltst.*

Woher hatte sie also diese Nachricht erhalten? Von jemandem aus dem Center? Wer hätte das sein können? Wie viele Leute außerhalb wussten überhaupt, dass es existierte? Yanas Nacken begann zu prickeln. Wer immer es gewesen war – ob er sie in diesem Moment beobachtete? Wusste er schon, dass sie die Warnung ignorierte? Was wollte er oder was wollten sie ...

Hör auf, dachte Yana. *Es gibt jemanden, der dich nicht hier haben möchte. Jemand, der Fähigkeiten besitzt. Aber wen kümmert das schon? Du besitzt auch Fähigkeiten – wobei du sie hier drinnen nicht einsetzen kannst. Und du wirst jeden Tag hier aufkreuzen, bis du herausgefunden hast, wie du den Laden fertig machen kannst.*

„Für dich, Mom", flüsterte Yana. Sie ging weiter, und augenblicklich begannen ihre Schuhe wieder mit ihrem Aiden-ist-tot-Geflüster. Sie achtete nicht darauf. Okay, der Typ war tot. Aber das änderte nichts. Sie musste tun, was sie tun musste.

Sie bog um die Ecke und sah sofort, dass an der Tür, die zur Treppe in den Keller führte, ein Wachmann stand. Er wartet auf *mich,* durchschoss es sie. *Ist das nicht süß?* Als sie bei ihm war, öffnete der Wachmann die Tür und winkte sie hindurch. „Der Wächter im oberen Stockwerk des Beobachtungscenter ist jetzt immun", sagte er, während sie vor ihm die Treppe hinabging. „Er wird deinen *Befehlen* nicht mehr gehorchen. Also versuch es erst gar nicht."

„Wehe, Sie sehen mir von hinten auf den Arsch", antwortete Yana, ohne ihm die Genugtuung zu bereiten, auf die Sache mit dem Wachmann aus der oberen Etage anzuspringen. Sie beschleunigte ihren Schritt, nahm zwei Stufen auf einmal. Yana erreichte die Kellertür, während der Wachmann noch eine halbe Treppe hinter ihr war, und wollte hineingehen. Aber die Tür war verschlossen. Der Wachmann ließ sich Zeit, bis er bei ihr war.

Ja, du bist groß und wichtig, dachte Yana. *Du musst nicht mit mir reden. Und du kannst mich warten lassen, ätsch, eine ganze Minute, bevor du mich hereinlässt. Ich habe ja solche Ehrfurcht vor deiner Macht!*

Der Wachmann gab den Sicherheitscode ein, wobei er den Blick auf seine Hand durch seinen Körper verdeckte, damit Yana nichts sehen konnte. Dann öffnete er die Tür. Auf der anderen Seite stand Ms Cascone.

Hat sie den Befehl gegeben, Aiden zu töten?, überlegte Yana. *Hat sie es vielleicht selbst getan?* Yana konnte sich vorstellen, wie sich Cascones Hand mit ihren perfekt manikürten Fingernägeln um Aidens Hals schloss. *Obwohl sie ihm wahr-*

scheinlich niemals so nah gekommen wäre. Sie hätte wohl eher eine Pistole benutzt. Wie war Aiden überhaupt gestorben? Darüber hatte Anthony nichts gesagt, und Yana schien es nicht der richtige Zeitpunkt gewesen zu sein, um ihn zu irgendwelchen Details zu befragen.

„Bist du bereit, an die Arbeit zu gehen?", fragte Cascone. Irgendetwas in ihrer Stimme ließ Yana ahnen, dass sie diese Frage schon zum zweiten Mal stellte.

„Aber ja. Natürlich. Was machen wir denn heute? Wollen Sie mir beibringen, durch Willenskraft einen Vulkan ausbrechen zu lassen?" Das war eine ziemlich alberne Frage. Aber Yana hatte ihre Zunge nicht zügeln können. Irgendwie kam ihr dieser Ort weniger unheimlich vor, wenn sie ihre eigene Stimme hörte.

„Nichts so Dramatisches", antwortete Cascone. Ohne sich danach umzusehen, ob Yana ihr folgte oder nicht, begann sie den Flur entlangzugehen.

„Ach, dann werde ich vielleicht durch Konzentration einen Eisbecher zum Schmelzen bringen?", meinte Yana.

Auch hierauf machte Cascone sich nicht die Mühe zu antworten. Sie öffnete die Tür zu einem Raum, der ähnlich aussah wie der, in dem sie letztes Mal gewesen war, nur dass dieser einen großen Blendspiegel hatte, der die eine Wandseite fast ganz bedeckte. Durch ihn hindurch sah Yana einen großen Deutschen Schäferhund, der in einem Raum herumtrottete, auf dessen Boden Hundespielzeug lag.

„Der Frage, welche weiteren Fähigkeiten du besitzen könntest, werden wir uns in den nächsten Tagen wieder widmen", erklärte Cascone. „Heute möchte ich mit dir an deiner Fähigkeit zur mentalen Beeinflussung arbeiten. Hast du schon mal versucht, ein Tier unter Kontrolle zu bringen?"
Yana hob eine Augenbraue. „Sehe ich etwa so pervers aus?"
Cascone ließ nicht mal die Andeutung eines Lächelns sehen. Sie setzte sich auf einen Klappstuhl aus Metall und legte ihr Klemmbrett auf ihren Schoß. „Versuch mal den Hund dazu zu bringen, den Ball ins Maul zu nehmen", wies sie Yana an. „Du kannst dich setzen, wenn das für dich bequemer ist."
„Es ist gut so." Yana sah sich den Hund durch den Spiegel hindurch an. Sein Schwanz war aufgestellt und wedelte. Und im Gegensatz zu Cascone lächelte er. *Sei kein Idiot,* sagte sich Yana. *Er ist ein Hund. Das ist nur seine Schnauze, die so geformt ist.*
„Konzentrier dich, Yana", sagte Cascone und klopfte mit der Spitze ihres Kulis auf ihr Klemmbrett.
Yana trat vor, bis sie nur noch einen Zentimeter von der Spiegelscheibe entfernt war. *HOL DEN BALL.* Sie schickte diesen Gedanken genau zwischen die aufgestellten Ohren des Hundes. Der Hund hob seinen Kopf, als wenn er etwas gehört hätte. Yana versuchte es noch einmal. *HOL DEN BALL.*
Der Schäferhund winselte. Er lief kreuz und quer durch den Raum. Aber er holte nichts.

„Offenbar empfängt er etwas von dir." Cascone machte sich eine Notiz auf ihrem Block. „Versuch dein Kommando anders zu gestalten. Ich nehme mal an, dass du normalerweise Wörter verwendest. Habe ich Recht?"

„Ja. Ich habe gedacht: ‚Hol den Ball'", antwortete Yana. Sie wusste nicht, warum sie hätte lügen sollen. Im Moment wollte sie kooperativ erscheinen und begierig von der großen Layla Cascone etwas zu lernen.

„Hm, hm." Cascone machte sich noch eine Notiz. „Wenn man mit Tieren arbeitet ist es sinnvoller, die Kommandos in Bildern zu senden. Also anstatt die Wörter ‚hol den Ball' zu denken und sie auszusenden, sich einen Ball genau und mit so vielen Details wie möglich vorzustellen."

Yana sah sich den Ball, der links neben dem Hund lag, sehr genau an. Dann schloss sie die Augen und versuchte sich den Ball in Erinnerung zu rufen. Ein Tennisball. Grün. Mit einer Schicht Flaum. *Okay, gut,* dachte sie. Zu diesem geistigen Bild fügte sie den Hund hinzu. Den Hund, wie er den Ball zwischen seinen scharfen weißen Zähnen hält und an den Seiten des grünen Tennisballs eine Spur Speichel entlangläuft. So. Fertig. Sie schob das Bild aus ihrem Kopf, sendete es durch die Scheibe des Blendspiegels.

Der Hund bellte scharf, und Yana öffnete ihre Augen. Der Schäferhund lief jetzt im Kreis herum, blieb aber bei keinem seiner Spielzeuge stehen.

„Ich denke, wir sollten dir ein bisschen Hilfe gönnen", sagte

Cascone. Sie lief zur Sprechanlage neben der Tür und drückte den Knopf. „Wir sind so weit. Dr. Kessler bitte nach elf C."

Ein Arzt? Was hatte das zu bedeuten? Yana war wirklich alles andere als begeistert, dass ein Arzt gerufen wurde. Aber das wollte sie Cascone nicht wissen lassen. Cascone schien zu den Leuten zu gehören, die in der Lage waren, jede winzige Information gegen einen zu verwenden. Yana ließ sich auf einen der Klappstühle fallen und versuchte so auszusehen, als hätte sie noch nicht mal mitbekommen, dass ein Arzt gerufen worden war.

Sie musste ihre entspannte Pose nicht allzu lange beibehalten. Wenige Minuten später wurde die Tür geöffnet und eine Frau, die eine Ledertasche und eine quadratische Metallkassette in der Hand hatte, trat ein. Sie trug ihr langes Haar als Pferdeschwanz, und wenn Yana nicht schon gewusst hätte, dass sie Ärztin war, hätte sie es niemals vermutet. Die Pferdeschwanz-Trägerin sah eher aus wie eine Sportlehrerin, athletisch und durchtrainiert. Sie reichte Cascone die Metallkassette, zog sich einen Stuhl heran und setzte sich neben Yana. „Du bist sicher Yana. Ich heiße Dr. Susan Kessler", sagte sie. „Du kannst Susan zu mir sagen, okay?"

„Okay", antwortete Yana. Aber der Großteil ihrer Aufmerksamkeit war auf Cascone gerichtet, die einen Code in die Tastatur der Metallkassette tippte. Was mochte nur darin sein, dass man es durch einen verdammten Code schützen musste?

„Ich werde zuerst mal deinen Blutdruck messen", sagte Kessler und zog ein Messgerät aus ihrer Ledertasche. Sie wickelte die Gummimanschette um Yanas Oberarm und pumpte sie auf, bis sie sich in Yanas Haut drückte. Dann ließ Dr. Kessler langsam die Luft hinaus, wobei sie mit den Fingern an Yanas Handgelenk ihren Puls fühlte.

„Hübsch langsam. Du kannst gut mit Stress umgehen, nicht wahr?", meinte Kessler, als sie die Manschette abnahm und sie zurück in ihre Tasche stopfte. Yana antwortete nicht. Sie versuchte zu erkennen, was Cascone aus der Schachtel geholt hatte. Es gelang ihr nicht. Was immer es war – Cascone versperrte mit ihrem Körper die Sicht.

„Jetzt messen wir noch deine Temperatur", sagte Kessler und steckte ein Hightech-Thermometer in Yanas Ohr. Als das Thermometer piepste, nahm Dr. Kessler es wieder heraus und machte sich eine Notiz. Dann leuchtete sie mit einer kleinen Taschenlampe in Yanas Pupillen.

„Ich denke, wir können anfangen", verkündete Cascone. Sie kam zu Dr. Kessler hinüber. Yanas Magen zog sich zusammen, als sie eine Spritze in Cascones Hand sah.

„Ich möchte noch ein paar Untersuchungen ...", begann Dr. Kessler.

„Dafür ist später auch noch Zeit", fiel Cascone ihr ins Wort. Die Ärztin biss sich auf die Lippen, aber sie wühlte in ihrer

Tasche herum und zog ein elastisches Band heraus. Sie legte es um Yanas Oberarm, dann wischte sie ihre Armbeuge mit Alkohol ab.

„Dies ist ein aufregender Moment für uns alle", sagte Cascone. „Yana, dieses Mittel ist über Jahre entwickelt worden – wir haben nur ganz wenige Muster davon. Und du wirst die Erste sein, die dieses Mittel erprobt."

Yanas Erinnerung wanderte für einen kurzen Moment zu dem T-Shirt, das Sam getragen hatte, als sie ihn das letzte Mal gesehen hatte. „Die Erste?", fragte sie. „Hat es nicht irgendwo mal einen Affen gegeben, der dieses Glück hatte, oder wenigstens eine Ratte?"

Cascone lachte. „Natürlich ist es sorgfältig getestet worden." Sie reichte Dr. Kessler die Spritze.

Was immer sich in dieser Spritze befand – Yana wollte es nicht in ihrem Körper haben. Aber sie konnte nichts tun. Auch wenn Cascone das Wort „uns" verwendete und so tat, als seien Yana und sie Partnerinnen – sie wussten beide, dass das Unfug war. Solange sie sich hier unten im Keller befand, konnten Cascone und ihre Helfer mit ihr anstellen, was sie wollten.

„Mach bitte eine Faust", sagte Dr. Kessler.

Yana gehorchte. Sie hielt ihre Augen auf den Arm gerichtet und sah zu, wie die Nadel in die Vene stach. Sie gestattete sich nicht, die Augen abzuwenden oder auch nur zu blinzeln. *So ist es richtig. Keine Angst zeigen,* sagte sie sich. Kess-

ler drückte den Kolben der Spritze hinunter und schoss damit Gott weiß was in Yanas Körper.
Ein Streifen Hitze stieg Yanas Arm hinauf. Sie stieg über ihre Schulter hinweg und ihren Hals hinauf, über eine Seite ihres Gesichts und drang dann tief in ihr Hirn ein. Einen Augenblick später fühlte sie, wie sich ihr Kopf zu ... zu *kräuseln* begann. Als wenn etwas zwischen ihren Schädelknochen und ihrer Haut herumkröche. Yana hob die Hand. Aber bevor sie danach fühlen konnte, ob sich ihre Kopfhaut tatsächlich bewegte, fasste Cascone sie am Handgelenk.
„Ich weiß, dass es ein komisches Gefühl ist", sagte Cascone.
Von wegen!, dachte Yana. *Als wenn du jemals zulassen würdest, dass dir jemand diesen Mist injiziert.*
„Aber versuch es auszuhalten. Uns steht nur ein kleines Zeitfenster zur Verfügung", fuhr Cascone fort. Sie drückte Yanas Arm nach unten und tätschelte ihr kurz die Hand. „Es geht doch schon besser, nicht wahr?"
Die Bewegung unter ihrer Kopfhaut wurde langsamer. Als wäre das, was dort herumgekrochen war, müde geworden.
„Bitte versuche jetzt noch mal, den Hund dazu zu bringen, den Ball zu holen. Benutze ein Bild, wie du es vorhin schon getan hast", wies Cascone sie an.
Yana schloss die Augen. Sie sah den Ball. Sie sah den Hund. Sie sah den Speichel auf dem Ball. Das Bild war jetzt schärfer als vorher. Jeder Speicheltropfen glitzerte wie ein Diamant. Jede Faser auf dem Tennisball konnte sie erkennen.

Ihre Augenbrauen zogen sich zusammen, dann schleuderte sie das Bild aus ihrem Kopf.
„Sehr gut", sagte Cascone leise.
Yana öffnete die Augen. Ihr Blick fiel direkt auf den Hund. Er hatte den Ball im Maul, und sein Schwanz wedelte so heftig, dass er fast einen Wirbel schlug. *Jetzt bin ich wie dieser alberne Doktor Dolittle,* dachte Yana. Aber die Kommunikation verlief nur in eine Richtung. Sie hatte keine Ahnung, was im Kopf dieses Hundes vor sich ging. Abgesehen davon, dass er glücklich aussah.
Cascone machte eine Notiz auf Yanas Tabelle. „Jetzt wollen wir mal etwas versuchen, das ein bisschen schwieriger ist. Bitte bring den Hund dazu, dass er einen Kreis aus seinen Spielzeugen baut. Stell dir nicht für jedes einzelne Spielzeug ein Bild vor, sondern mach dir ein Bild davon, wie das Endresultat aussehen soll."
Yana betrachtete die Spielzeuge, die um den Hund herum auf dem Boden lagen. Ein Igel aus Gummi, ein Kauknochen, eine Stoffkatze, ein Ball, ein Briefträger aus Plastik, ein geflochtenes Tau. Sie schloss die Augen und rief sich die Spielzeuge ins Gedächtnis. In ihrer Vorstellung konnte sie die Kauspuren auf dem Knochen sehen, die fehlenden Schnurrhaare der Katze. Und – Himmel – fast konnte sie die einzelnen Plastikmoleküle des Briefträgers erkennen. Woraus dieser Cocktail auch bestand – er hatte etwas bewirkt. Ob es blieb? Was ... *Darüber kannst du später nachdenken, wenn du*

hier heraus bist, sagte sich Yana. Sie schleuderte das Bild dem Hund entgegen. War es nur ihre Vorstellung, oder hatte es tatsächlich ein zischendes Geräusch gemacht, als es ihren Kopf verließ?

„Sehr, sehr gut", murmelte Cascone.

Yana schlug die Augen auf. Der Igel und der Kauknochen lagen schon an den Stellen, wo Yana sie sich vorgestellt hatte. Rasch legte der Hund das Tau hinzu, die Katze und den Briefträger und schloss den Kreis mit dem Ball. Dann setzte er sich und sah ausgesprochen selbstzufrieden aus.

„Wir brauchen dich heute nicht mehr", wandte Cascone sich an Dr. Kessler.

„Ich glaube aber schon, dass ...", begann die Ärztin.

Mit einem Blick brachte Cascone sie zum Schweigen. Dr. Kessler nahm ihre Tasche, lächelte Yana zu und verließ eilig den Raum. Cascone ging zum Blendspiegel und zog einen grauen Vorhang davor, wodurch sie den Blick auf den Hund versperrte. „Das war eine gute Leistung, Yana", sagte sie, während sie zur Sprechanlage ging. „Wir sind so gut wie fertig. Ich möchte nur, dass wir noch eine Sache ausprobieren."

Wir. Klar doch, dachte Yana.

„Hier spricht Ms Cascone. Sam möchte bitte zu mir kommen", sagte Cascone in die Sprechanlage.

Augenblicklich öffnete sich die Tür. Sam musste gleich davor gewartet haben. Was spielte er für eine Rolle? Gehörte er

zu ihnen? Oder war er ein Nachkomme der Gruppe?
„Sam, das ist Yana. Yana, das ist Sam.“ Cascone winkte Sam auf den Stuhl neben Yana. Er machte einen spöttischen halben Diener und setzte sich.
Seine Haut sah jetzt noch schlechter aus als neulich. Sie hatte eine fahle Farbe, und überall im Gesicht und auf seinen Armen und wahrscheinlich auch an Stellen, wo man es nicht sehen konnte, hing sie schlaff herab. Beim letzten Mal hatte nur das Fleisch unterhalb seines Kinns so weich ausgesehen. Yana zwang sich wegzusehen. Der Typ brachte sie auf die Palme. Und jetzt starrte er sie auch noch an. Sie konnte es fühlen.
Cascone stellte sich an die andere Seite neben Sam und begann mit ihm zu flüstern. Dadurch hörte er wenigstens auf, Yana anzustarren. Aber das Flüstern gefiel ihr nicht. Sprachen sie über sie? Worum ging es? Planten sie irgendetwas? Wollten sie sie vielleicht umbringen? Sie atmete tief ein, versuchte sich zumindest in das flache Ende dieses Pools der Verrücktheiten zurückzuzwingen. So ist es gut. *Atmen. Atmen.* Yana atmete so tief ein, dass es in den Lungen wehtat.
Gott, was ist das für ein Geruch?, dachte sie. Die Antwort fiel ihr unmittelbar ein: Das war Sam. Oder zumindest kam der Geruch von Sam. Er erinnerte Yana – er erinnerte sie irgendwie an die Maus, die sie mal unter dem Kühlschrank gefunden hatte – und die schon einige Tage lang tot gewe-

sen sein musste. Der gleiche süßliche, moderige Verwesungsgeruch kam von Sam. Yana fühlte, wie ihr die Galle hochkam, aber sie zwang sie wieder hinunter.
„Also. Dann wollen wir mal anfangen", sagte Cascone und stellte sich vor Yana und Sam.
„Da Sie sich noch nicht vernünftig mit mir unterhalten haben, habe ich keine Ahnung, was ich tun soll", sagte Yana.
„Du musst überhaupt nichts tun", antwortete Cascone und ein unscheinbares Lächeln zog an ihren Lippen.
„Aber wie soll ..." Bevor sie ihre Frage zu Ende bringen konnte, durchschoss Elektrizität Yanas rechte Hand. Ihre Augen weiteten sich, als sie auf ihre Finger blickte und bemerkte, dass sie ihre Knochen leuchten sah. Ihre Haut war so gut wie durchsichtig geworden, jede Ader war deutlich zu erkennen, wie ein Fluss auf einer Landkarte. „W-... w-... w-..." Es gelang ihr nicht, das ganze Wort auszusprechen. Ihre Hand begann zu zappeln, zuckte hin und her wie ein sterbender Fisch. Yana drückte ihre linke Hand auf ihre rechte, um sie festzuhalten. Aber es war, als wenn ihre rechte Hand hundert Mal stärker gewesen wäre. Sie riss sich los und schoss in die Höhe. Dann schlug sie ihr ins Gesicht – und zwar heftig. Sie spürte den brennenden Abdruck jedes Fingers auf ihrer Wange.
„Sam, das ist nicht das, was ich dir aufgetragen habe", sagte Cascone ruhig.
Yanas Hand fiel zurück in ihren Schoß, und das Durchschei-

nen der Knochen verschwand, als wenn unter ihrer Haut ein Licht ausgeschaltet worden wäre. Sie starrte sie noch einen Moment lang an, bis sie sich wieder wie ein Teil ihres eigenen Körpers anzufühlen begann. Dann hob sie ihren Blick zu Cascone. „Was haben Sie gerade gesagt?"

Cascone antwortete nicht. Sie war viel zu beschäftigt damit, sich auf ihrem Klemmbrett etwas zu notieren. Yana wandte sich an Sam, sah in seine dunklen Augen. „Warst du das etwa, der mir das gerade angetan hat? Ist es das, was sie meint?"

Yana wartete nicht erst auf eine Antwort. *SCHLAG DIR INS GESICHT.*

Das Klatschen, das seine Hand verursachte, als er sich ins Gesicht schlug, brachte sie zum Grinsen. *Mir kommt niemand davon, der mich schlägt.* Aber dann begannen ihre Hände wieder zu glimmen. Ihre Hand fuhr in die Höhe, und sie ohrfeigte sich noch mal.

SCHLAG DIR INS GESICHT! Sam gehorchte ihrem Befehl, aber schon wieder ging ihre eigene Hand in Position, um sich erneut zu schlagen.

„Hört auf!", bellte Cascone. „Alle beide!"

Es gelang Yana, ihre Hand in den Schoß zu legen. Sie sah Sam an. Seine Augen funkelten vor Eindringlichkeit, aber sie hielt seinem Blick stand.

Er ist derjenige, der mir die Nachricht gesendet hat, dass ich mich vom Wilton Center fern halten soll, durchschoss es sie plötzlich, und ihr gesamter Körper gefror. *Was weiß er über diesen Ort?*

Rae hob die Hand, um an Mandys Tür zu klopfen. Aber bevor ihre Faust das Holz berühren konnte, flog sie schon auf. Mandy fasste Rae an den Handgelenken und zog sie hinein. „Warum hast du so lange gebraucht?", rief sie.

„Zwei Sekunden, nachdem du mich angerufen hast, bin ich aus dem Haus gegangen", antwortete Rae. „Jetzt atme erst mal tief durch, und dann erzählst du mir alles, was du gesehen hast."

„Emma und Zeke brennen durch. Das habe ich dir doch schon gesagt", schrie Mandy. „Wir müssen sie davon abhalten. Mein Vater wird in einer halben Stunde nach Hause kommen. Was soll ich ihm dann sagen? Wie konnte Emma nur so bescheuert sein? Warum ..."

„Anhaltspunkte. Hast du in deiner Vision irgendwelche Anhaltspunkte erkennen können?", fragte Rae. „Komm. Wir setzen uns mal einen Augenblick." Sie ging voraus ins Wohnzimmer.

„Ich kann jetzt nicht sitzen", antwortete Mandy. „Meine Schwester brennt durch. *Sie brennt durch!* Dabei ist sie noch nicht mal mit der Highschool fertig." Sie ließ sich auf die Armlehne des Sofas sinken. „Und Zeke – ich weiß, dass du nicht allzu viel über ihn herausbekommen hast – aber er wird ihr ganzes Leben ruinieren. Da bin ich mir ganz sicher."

Soll ich ihr eine kleben, wie man das im Kino immer sieht?, überlegte Rae. Nein. Irgendwie hatte sie das Gefühl, dass das im richtigen Leben nicht funktionieren würde. Mandy würde sicher anfangen zu weinen, und dann würde Rae nichts Vernünftiges mehr aus ihr herausbekommen. „Also. Du hast in deiner Vision Zeke und Emma in seinem Auto sitzen sehen. Ist das richtig?"

„Ja. Wie ich dir bereits gesagt habe." Mandy sprang von der Armlehne auf und setzte sich gleich wieder neben Rae.

„Hast du Straßenschilder gesehen? Fuhren sie auf einer Autobahn? Was war es, woran sie gerade vorbeikamen?" Rae versuchte, ihre Stimme ruhig und sicher klingen zu lassen. Sie hoffte, dass sie auf diese Weise eine vernünftige Antwort aus Mandy herausbekam.

„Auf der Autobahn. Auf der A 2", antwortete Mandy. „Aber die führt überallhin. Ich konnte mich nicht länger umsehen, weil meine Vision langsam nachließ und ich mich erst einmal erholen musste. Darum – sie können überall sein. Du musst unbedingt für mich noch mal Fingerabdrücke lesen, von etwas, das Emma gehört." Mandy war schon wieder aufgestanden und zerrte an Raes Arm.

„Gut, gut. Ein großartiger Plan. Von mir aus", sagte Rae, während Mandy sie schon über den Flur schob. Sie stieß die Badezimmertür auf und zog Rae hinein.

„Nimm ihren Rasierapparat. Ich habe mitbekommen, dass sie sich noch die Beine rasiert hat, bevor sie gegangen ist.

Wahrscheinlich, um sich hübsch zu machen, für ihre Hochzeit mit diesem Mülleimer", sagte Mandy.
Rae nahm ein Papiertuch und wischte sich die Wachsschicht von den Fingern der rechten Hand. Dann fühlte sie vorsichtig über den Rasierapparat.
/ das ist es / Reis / wann werde ich / bin ich / Unterwäsche / Zeke /
„Tut mir Leid, da ist nichts", sagte Rae zu Mandy.
„Dann die Zahnbürste", befahl Mandy. „Emma hat die grüne. Beeil dich, beeil dich, beeil dich!"
Hoffentlich kann ich etwas finden – bevor in Mandys Hirn noch ein Gefäß platzt, dachte Rae. Dann versuchte sie es noch mal.
/ wünschte, ich / kein Aidstest / verrückt / etwas Altes / Mom / Mom /
„Was als Nächstes?", fragte Rae.
„Hast du etwa nichts lesen können?", fuhr Mandy auf, als wäre das Raes Schuld. „Nimm die Flasche Körperlotion." Sie begann mit dem Fuß zu klopfen. Rae konnte sich nicht erinnern, wann sie das schon mal in Wirklichkeit erlebt hatte. Sie dehnte ihre Finger ein wenig, dann strich sie über die Flasche.
/ heute Abend / Vogelfutter / Ranburne /
Rae riss ihre Finger empor. „Ranburne. Anscheinend wollen sie nach Ranburne. Was auch logisch ist. Ich habe nämlich irgendwas von einem Aidstest mitbekommen, und ich bin

mir ziemlich sicher, dass man in Alabama keinen Aidstest machen muss. Und Ranburne liegt gleich hinter der Grenze."

„Aber wo denn in Ranburne?", rief Mandy. „Wir brauchen den Namen der Kirche. Oder einen Straßennamen oder sonst etwas. Sonst ist Emma verheiratet, bevor wir da sind."

Zumindest ist es keine geistige Anstrengung, einem Bus hinterherzufahren, dachte Yana. Kein unerwartetes Abbiegen. Keine Gefahr, dass er schneller fuhr als ihr kleiner Käfer. Als der Bus anhielt, zog Yana daran vorbei, dann beobachtete sie im Rückspiegel, wie die Passagiere ausstiegen. Kein Sam dabei.

Dann also, einseifen, ausspülen und noch mal von vorn, sagte sie sich. Sie fuhr einmal um den Block und hängte sich erneut hinter den Bus. An der nächsten Haltestelle fuhr sie wieder daran vorbei und sah zu, wie all die Buspassagiere ausstiegen. „Und da ist ja auch mein Sammy", flüsterte sie.

Yana fuhr auf den Parkplatz eines Einkaufscenters und beobachtete, wie Sam den Bürgersteig entlanglief. Der Typ war fertig. Es sah aus, als ob ihm jeder Schritt Schmerzen bereiten würde, obwohl es ihm gelang, halbwegs vernünftig zu gehen.

Als Sam zwei Blocks weiter um die Ecke bog, gab Yana ihm ein paar Minuten Vorsprung. Dann zog sie sich eine braune Kappe auf – sie wäre sonst an ihrem weißblonden Haar wieder zu erkennen gewesen – und fuhr ihm nach. Einen Fußgänger zu verfolgen war schwieriger. Besonders in einer kleinen Wohnstraße wie dieser, die Sam nun entlanglief. Es gab nicht allzu viele Autos, und wenn sie so langsam gefahren wäre, dass sie hinter ihm hätte bleiben können, hätte er das bestimmt bemerkt. Sie beschloss, an ihm vorbeizufahren und zu parken. Dann würde sie ihm wieder Vorsprung geben, ihm folgen, bis sie ihn eingeholt hatte, und ...

Yana grinste, als sie sah, dass Sam jetzt den Vorgarten eines weißen Hauses mit hellgrünen Fensterläden durchquerte. „Treffer – und versenkt", murmelte Yana. Für heute war die merkwürdige Verfolgungsaktion abgeschlossen. Sie fuhr weiter die Straße hinab, bog an der Ecke ab und suchte sich eine Parklücke vor einem der ebenfalls großen Häuser.

Jetzt würde sich herausstellen, ob Sam nur Rauch um nichts machte, oder ob er tatsächlich ein paar nützliche Informationen über das Center hatte. Yana stieg aus dem Käfer und ging in aller Ruhe zurück zu Sams Haus. Ein Mädchen, das spazieren geht, Leute. Nichts, worüber man sich Gedanken machen musste – so versuchte sie auszusehen. *Und jetzt – du-bi-du – laufe ich einfach mal zur Gartenpforte,* dachte Yana, während sie das weiche grüne Gras überquerte. Es war gerade erst geschnitten worden, und sein grüner Duft stieg ihr in die Nase. Yana liebte diesen Duft.

So. Jetzt öffnen wir die Pforte, wies sie sich an. *Du-bi-du.* Sie griff nach dem Riegel, und ihr gesamter Körper schien plötzlich wieder unter Strom zu stehen. Himmel, ihre Hände glommen wieder! Jeder Wirbel ihres Rückgrates siedete. Ihr Haar war voller knisternder Energie. *Offenbar weiß er, dass ich hier bin,* dachte sie. Ihre Beine und Arme zuckten, und dann stieg sie über die Pforte. Sie gab sich zwar Mühe, die Kontrolle über ihre Muskeln zurückzuerlangen, aber sie war ein ferngesteuerter weiblicher Roboter geworden.

Ob es ihnen auch so geht?, durchschoss es sie. Die Leute, denen sie Gedanken eingegeben hatte, ob sie dasselbe schreckliche Gefühl empfanden, von einem fremden Willen gesteuert zu werden? Zum Beispiel, als sie Gewalt über Rae hatte, und sie dazu brachte, sich selbst zu verletzen, oder als sie Anthony fast dazu gebracht hatte, Rae das Rattengift ...

Yana kam an das obere Ende der Pforte und fiel hinüber. Nachdem sie gelandet war, fand sie sich selbst dabei wieder, wie sie zu Sam aufblickte. Seine fahle Haut sah aus dieser Position nicht besser aus.

„Du bist ein Idiot", sagte Sam. „Du hättest mittlerweile Hunderte Meilen weit weg von hier sein sollen."

„Warum? Wegen deiner Nachricht?", fragte Yana. Sie war erleichtert, ihre Lippen, die Kiefer und die Zunge unter Kontrolle zu haben. Sie rappelte sich auf die Beine. „Um mich einzuschüchtern muss es schon etwas heftiger kommen."

„Ich wiederhole: Du bist ein Idiot", sagte Sam. Er strich sich sein schwarzes Haar aus dem Gesicht, und Yana konnte sehen, dass Schweißperlen auf seiner Stirn standen.

„Ich habe Gründe, hier zu sein", antwortete Yana.

„Deine Mutter war in der Gruppe, in der übernatürliche Kräfte verstärkt werden sollten. Die Behörde hat sie umgebracht. Deine Gene sind durcheinander geraten. Und du hast auch übernatürliche Fähigkeiten erhalten", stellte Sam sachlich fest. „Ich nehme an, jetzt bist du unterwegs, um Rache an der Behörde zu nehmen. Und du denkst, Cascone glaubt dir, dass du nur gekommen bist, um deine Gaben zu verfeinern. Was sie, nebenbei bemerkt, garantiert nicht glaubt."

„Woher soll Cascone ... wieso hast du ..." Yana wusste nicht, welche Frage sie zuerst stellen sollte.

Sam hob eine Augenbraue. „Du hast doch nicht etwa geglaubt, dass du einzigartig bist, oder? *Mi problema es su problema.* Im wahrsten Sinn des Wortes. Und wenn du dich weiter im Center blicken lässt, wird es dir am Ende genauso gehen wie mir." Er ließ sich ins Gras sinken und setzte sich in den Schneidersitz.

„Was soll das heißen?", fragte Yana.

„So lange du wie ein Turm über mir schwebst, werde ich nicht mit dir reden", antwortete Sam. Er riss einen Grashalm aus und steckte ihn in den Mund.

„Ich habe gedacht, nur Hunde fressen Gras", meinte Yana und setzte sich ihm gegenüber.

Sam zuckte die Schultern. „Ich mag es. Aber du hast sicher einen verwöhnteren Gaumen."

„Okay. Deine Mutter war also mit meiner Mutter zusammen in der Gruppe ...", begann Yana.
„Versuch am Leben zu bleiben", fiel Sam ihr ins Wort. „Ich dachte, ich hätte mich schon deutlich genug ausgedrückt. Ich habe nämlich keine Zeit zu verschwenden. Ich sterbe. Und das wirst du auch tun – sofern du nicht rechtzeitig abhaust. Und selbst dann werden sie dich vielleicht doch noch kriegen. Aber immerhin hast du eine Überlebenschance von zwei Prozent."
„Du stirbst?" Yana riss einen Grashalm aus und steckte ihn ebenfalls in den Mund. Sie musste einfach etwas tun. Etwas anderes, als ihn nur anstarren. Meinte er das ernst? Er war ungefähr in ihrem Alter. Und er starb?
„Ja, ich sterbe. Oder: Ich bin dem Verfall überlassen. Drauf und dran in die Kiste zu springen. Den Löffel abzu–..."
„Ich habe verstanden", sagte Yana.
„Ich wollte nur sichergehen", antwortete er. „Du bist ja nicht gerade die Schnellste. Es kommt von den Experimenten – Röntgenstrahlen, Elektroschocks, Drogencocktails. Zuerst habe ich gedacht, es könnte daran liegen, dass ich meine Fähigkeiten zu oft eingesetzt habe. Wenn ich zu viel den Marionettenspieler gegeben habe, bekomme ich Krämpfe. Aber das ist es nicht. Die Nebeneffekte sind eher harmlos. Das weiß ich von einem Blick, den ich auf Doktor Kesslers Notizen erhaschen konnte. Ich sterbe wegen all der Spielchen, die Cascone mit meinem Körper angestellt hat."

„Und warum bist du nicht abgehauen?", wollte Yana wissen. „Wenn du doch so schlau bist?"

„Ich wollte diese Bastarde in die Knie zwingen", erklärte Sam. „Ich habe immer auf meine Chance gewartet, darauf, irgendwie mitmischen zu können. Und dabei haben sie die ganze Zeit diesen Scheiß mit mir angestellt. Ich wusste, dass es ein Rennen gegen die Zeit war." Er zuckte wieder die Schultern. „Ich habe es verloren. Du kannst also so werden wie ich. Oder du kannst die Stadt verlassen oder am besten das Land – falls du die Möglichkeit dazu hast."

„Du hast also aufgegeben?", fragte Yana. Wenn sie diejenige wäre, die wegen der Behörde sterben müsste, dann würde ihr noch mehr daran liegen, sie fertig zu machen.

„Vielleicht gehörst du ja zu denen, nach denen sie suchen", fuhr Sam fort, ohne auf ihre Frage einzugehen. „Wenn ja, dann werden sie sich vielleicht Mühe geben, dich am Leben zu halten. Aber die Chancen, dass das passiert, stehen schlechter als die Chance davonzulaufen und nicht gestellt zu werden."

Wovon sprach er? Wurde sein Hirn von innen aufgefressen?

„Diejenigen, die was?", hakte Yana nach. Dann fiel ihr ein, dass sie Gras im Mund hatte, und schluckte. Es schmeckte so wie es roch – grün.

„Ich weiß auch nicht, ehrlich. Diejenigen von uns – die Generation 2, die ihre Fähigkeiten von ihren Müttern geerbt haben –, die etwas Bestimmtes können. Ich weiß auch nicht genau, was.“ Sam riss einen weiteren Grashalm aus, nahm ihn zwischen die Lippen und blies, sodass ein hohes dünnes Pfeifen erklang. „Schmeckt nach Gras und macht Musik.“

Während Yana darauf wartete, dass ihr kreiselndes Hirn wieder zur Ruhe kam, biss sie auf einen weiteren Grashalm. Sie wusste nicht, was sie Sam zuerst fragen sollte. „Ich verstehe nicht, warum du aufgegeben hast. Nach dem, was sie dir angetan haben – wieso willst du sie da nicht umbringen?“

„Wenn du weißt, dass du stirbst, denkst du über alles ganz anders.“ Er begann auf seinem Gras herumzukauen. „Vielleicht mag ich dieses Zeug darum so gern, weil ich weiß, dass ich bald darunter liegen werde.“

Der grüne Geschmack in Yanas Mund wurde plötzlich moderig. Sie drehte ihren Kopf und spuckte aus. Der Geschmack blieb.

Kapitel Zehn

„Es sind nur noch fünf Minuten bis Ranburne", verkündete Anthony. „Bist du so weit, dass du versuchen kannst, dir Emma ins Bild zu holen?" Er blickte über seine Schulter zu Mandy. Sie klammerte sich mit beiden Händen an den Türgriff, als hielte sie sich bereit, jeden Augenblick aus dem Auto zu springen und zu ihrer Schwester zu laufen.

„Ja. Klar. Gib her", sagte Mandy. Sie streckte die Hand aus, und Jesse reichte ihr Emmas Pulli.

„Ich wünschte, ich hätte genauere Ortsangaben von Emmas Fingerabdrücken ablesen können", sagte Rae leise. „Ich weiß nicht, wie oft Mandy heute noch ihre Gabe einsetzen kann."

„Sie sieht etwas", rief Jesse.

Anthony blickte kurz in den Rückspiegel. Mandy strich sich vorsichtig mit den Händen über das Gesicht. Ihre Hände berührten kaum ihre Haut. Er fand es gruselig, sie so zu sehen. So ... leer. Mandys Gesicht war vollkommen ausdruckslos. Ihre Augen sahen aus wie aus Marmor, glänzend und tot. Er zwang sich, wieder auf die Straße zu achten. Es würde niemandem helfen, wenn er jetzt mit dem voll besetzten Auto auf den Van vor ihnen auffuhr.

Mandy seufzte. Es klang wie ein verstopftes Rohr, das wieder frei wird. Anthony warf einen weiteren Blick in den Rückspiegel –, genau in dem Moment, als das Leben – als Mandy – in ihr Gesicht zurückkam. „Ich war Emma. Ich war in einem Bad. Ich legte mir gerade meinen Brautschleier an", sagte sie. „Ich habe aber nichts gesehen, was uns irgendwie nützen könnte. Gar nichts!"

„Aber – das ist doch ganz gut. Das heißt, dass sie noch nicht verheiratet ist", bemerkte Rae. „Wir kommen gleich zur ersten Ausfahrt von Ranburne. Da fahren wir ab, halten an der nächsten Tankstelle und schnappen uns die gelben Seiten. Dann teilen wir uns auf und jeder ..."

„Es wird zu spät sein", unterbrach sie Mandy. Sie begann einen kleinen Zopf in ihr langes hellbraunes Haar zu flechten. Wie sie es immer tat, wenn sie Angst hatte oder sich wegen irgendetwas Sorgen machte.

„Das weißt du doch gar nicht", entgegnete Anthony. Obwohl das mit dem Schleier ja nicht gerade ermutigend klang. Er fuhr auf die Spur zur Ausfahrt und widerstand dem Verlangen, das Gaspedal weiter durchzudrücken. Warum sollte man schnell fahren, wenn man keine Ahnung hatte, wohin es gehen sollte?

„Du solltest noch mal versuchen, sie zu sehen", sagte Jesse. „Jetzt könnte sie doch schon wieder aus dem Bad heraus sein. Wenn sie nur ihren Schleier aufgesetzt hat."

„Stimmt. Du hast Recht", antwortet Mandy.

Jesse ist ein echter Lebensretter, dachte Anthony. Sobald er sprach, beruhigte sich Mandy. Sie konzentrierte sich viel mehr, als wenn Anthony oder Rae auf sie einredeten.
„Hast du einen Vorschlag, wo wir jetzt langfahren sollen?", wandte Anthony sich an Rae, als er am Ende der Ausfahrt an einer Ampel halten musste.
Rae blickte zu Mandy. „Vielleicht solltest du einfach an den Rand fahren, bis sie ..."
„Gleich geht sie den Mittelgang entlang", platzte Mandy heraus. „Ich habe Zeke gesehen. Er stand neben einem Mann – einem Pfarrer, glaube ich. Obwohl er kein Pastorengewand trug. Nur einen Anzug. Ich habe Blumen in der Hand gehalten. Und mein Herz – Himmel – es schlug regelrecht gegen meine Rippen."
„Blumen!", sagte Jesse. „Vielleicht können uns die etwas nützen. Wie viele Blumenhändler wird es wohl hier in der Stadt geben?"
„Kapierst du das nicht? Die Hochzeit findet gerade statt!", schrie Mandy. „Jetzt, in diesem Moment. Wir haben keine Zeit mehr. Wo ist der Pullover?"
„In deinem Schoß", antwortete Jesse. „Siehst du schon etwas?"
Mandy reagierte nicht. Sie war schon wieder abwesend. Das Auto hinter Anthony hupte laut, und er merkte, dass er wie ein Idiot vor der grünen Ampel stand. Er bog rechts ab, nur um aus dem Weg zu sein.

„Heilig Geist!", schrie Mandy. „Da war etwas, ein Plakat, an der Orgel. *Heilig Geist* stand darauf."

Rae nahm hastig ihr Handy heraus und tippte einige Ziffern ein. „Eine Auskunft in Ranburne. Die Heilig-Geist-Kirche oder Kapelle oder so ähnlich. Ich brauche die Adresse."

„Sie stand schon vor dem Pastor. Er fing gerade mit ‚Es ist nicht gut, dass der Mensch allein sei' an", rief Mandy, und ihre Stimme klang schrill und atemlos.

„Jesse, gleich bekommt sie keine Luft mehr. Lass sie den Kopf zwischen die Knie drücken", befahl Anthony.

„Trona Way Nummer 1413", wiederholte Rae.

Anthony kurbelte das Fenster herunter und verlangsamte ein wenig das Tempo, sodass er mit dem Wagen in der Nachbarspur gleichzog. „Wissen Sie, wo Trona Way ist?", rief er. Im anderen Auto würdigte ihn niemand auch nur eines Blickes. *Weil die Fenster geschlossen sind, du Idiot,* dachte Anthony. Er hupte dreimal kurz, und die Frau auf dem Beifahrersitz wandte ihm den Kopf zu. Er bedeutete ihr durch Zeichensprache, das Fenster herunterzukurbeln. Eine Sekunde später glitt es hinab. „Wissen Sie, wo Trona Way ist?", rief er noch einmal.

„Trona Way?", rief die Frau zurück.

„Ja!", schrien Rae, Jesse und Anthony.

Die Frau wandte sich an den Fahrer.

„Wohnt sie in diesem Ort oder nicht?", knurrte Jesse. „Atme schön weiter, Mandy, aber nicht so schnell", fügte er hinzu.

Die Frau drehte sich wieder zurück. „Biegen Sie links ab und dann rechts", sagte sie.

„Danke!", rief Rae. „Vielen, vielen Dank!"

Anthony fuhr auf die linke Spur und erwischte prompt die nächste rote Ampel. „Verdammt!"

„Was ist denn?", fragte Mandy. Ihre Stimme klang gedämpft, weil sie ihr Gesicht immer noch zwischen den Knien hielt.

„Nichts", antwortete Anthony. „Eine rote Ampel. Sonst nichts." *Spring um,* befahl er der Ampel im Geist. *Spring um. Jetzt.* Sie gehorchte nicht. Warum hätte sie auch? Er besaß ja keine übersinnlichen Kräfte. Er fixierte die Ampel mit seinem Blick. Im nächsten Moment sprang sie auf Grün um. Anthony bog links ab und fuhr sofort auf die rechte Spur. *Wenigstens musste ich jetzt nicht wieder auf Grün warten,* dachte er, während er abbog.

„Da vorne ist es. Trona Way." Rae rutschte näher an Anthony heran und wickelte ihre Faust in die Seite seines T-Shirts. Er liebte es, wenn sie das tat – als gäbe er ihr damit ein Gefühl, beschützt zu werden. Als könnte er sie dadurch tatsächlich beschützen.

„Guckt nach den Hausnummern", sagte er und schob damit den nagenden Gedanken beiseite, was Yana im Schilde führte. „Ich biege mal rechts ab, auch wenn ich nicht weiß, ob das die richtige Richtung ist." Er lenkte den Wagen um die Ecke.

„Das hier ist Nummer dreizehn siebenundzwanzig", sagte Jesse.
„Wir fahren in die falsche Richtung", verkündete Rae. „Da vorn ist dreizehn fünfundzwanzig."
Anthony überprüfte kurz den Verkehr und ob ein Polizist in der Nähe war. Dann drehte er mit quietschenden Reifen in die entgegengesetzte Richtung. „Es muss auf meiner Straßenseite sein", sagte Rae. Er nickte und fuhr auf die rechte Spur.
„Wir sind gleich da, Mandy", sagte Jesse. „Ich kann die Kapelle schon fast sehen. Siehst du sie auch, Anthony? Da vorne, die Hinweisschilder mit der weißen Taube?"
„Sehe ich", antwortete Anthony. Er drückte das Gas durch, fuhr über eine gelbe Ampel und parkte vor der Kapelle in der zweiten Reihe. *Ist das nicht vielleicht der totale Schwachsinn?*, überlegte er, als er aus dem Wagen sprang und allen voran zum Eingang lief. *Vielleicht soll es so sein, dass Emma und ihr Wie-heißt-er-Noch heiraten.*
Mandy schoss an ihm vorbei und drückte die Türen auf. „Emma", schrie sie.
„Hier drinnen findet gerade eine Hochzeit statt", zischte eine Frau in einer weißen Tracht.
„Das weiß ich!", fauchte Mandy zurück. „Emma!", rief sie noch einmal. Dann stürzte sie durch die links gelegenen Doppeltüren aus Holz. Anthony folgte ihr und kam sich wie ein kompletter Idiot vor, als er jetzt zusammen mit Rae und

Jesse hinter Mandy den Gang entlanglief, auf den Pfarrer und Emma und Zeke zu – so hieß der Typ nämlich –, die sie allesamt verwirrt ansahen.
„Hast du es etwa schon getan?", fragte Mandy streng.

Der Drucker hörte auf zu drucken, und Stille erfüllte Sams Zimmer. Sam rollte mit seinem Schreibtischstuhl zum Drucker hinüber, nahm den frisch bedruckten Papierstapel heraus und klammerte ihn am oberen Rand zusammen. Dann rollte er zurück zu Yana und reichte ihr die Blätter. „Das ist alles, was ich über die Behörde herausgefunden habe."
„Was sollen denn all diese Karten?", fragte Yana und blätterte durch die Seiten.
„Auf den meisten sind die Wohnorte der übrigen Mitglieder der G2 verzeichnet", antwortete Sam. „Ich denke, es wird nicht mehr allzu lange dauern, bis sie dran sind. Die armen Schweine."
„Bis sie dran sind?", wiederholte Yana. Rae, dachte sie. Der Name hallte durch ihren Kopf. Sollte Rae etwas zustoßen?
„Ja. Du und ich, wir sind nichts anderes als Meerschweinchen – weil wir blöd genug waren, zur Behörde zu gehen und unsere Hilfe anzubieten", sagte Sam. Er schaukelte in seinem Kippstuhl vor und zurück. Dann drehte er sich einmal um die eigene Achse. „Aber anscheinend haben sie das

N-Tetran perfektioniert. Oder vielleicht ist es richtiger zu sagen, dass *ich* es perfektioniert habe. Da ich ja der große, große Glückspilz bin, der die früheren Versionen testen durfte." Sam drehte sich noch einmal herum.

„N-Tetran?", fragte Yana.

„Das Mittel, das du heute ausprobieren durftest", antwortete Sam. „Ich habe von meiner guten Freundin Dr. Kessler gehört, wie hervorragend es funktioniert hat. Cascone hat die Entwicklung des N-Tetran vor allen geheim gehalten. Kontrolle ist Layla Cascone ausgesprochen wichtig. Ich nehme an, sie hat ihre Vorgesetzten nicht informieren wollen, bis sie ein garantiert funktionierendes Mittel gefunden hatte. Morgen oder spätestens in den nächsten Tagen werden sie eine der Proben, die sie zurückbehalten haben, im Labor analysieren lassen. Dann wird es in größeren Mengen produziert werden. Und um es weiter testen zu können, werden sie jede Menge Leute aus der G2 brauchen. Im ganzen Land werden Familien vermisste Teenager zu beklagen haben. Die Polizei wird die Fäden niemals zusammenfügen können. Dass Teens von zu Hause abhauen, ist einfach zu weit verbreitet."

„Cascone will sie – uns – gefangen nehmen. Ist es das, was du sagen willst?", hakte Yana nach, und ihr Hals wurde eng. Zwei Wörter wiederholten sich in einem fort in ihrem Kopf: Rae. Mandy. Rae. Mandy. Und noch so viele andere ...

„Ja – nachdem sie nun herausgefunden haben, wie sie unsere Kräfte verstärken können. Es wäre zu unsicher für die Menschheit, wenn wir frei herumliefen – solange nicht alle Menschen mit Immunisierern ausgestattet werden können", antwortete Sam. „Und wenn wir alle erst einmal erhöhte Fähigkeiten besitzen, dann werden sie für jeden von uns Verwendung finden – nicht nur für einen Einzigen, wer immer das auch sein mag. Ich werde dann natürlich schon tot sein, darum ..." Sam zuckte die Schultern.

„Ach, so ist das also? Du wirst tot sein – darum können dir die anderen auch egal sein?", knurrte Yana. Sie setzte sich auf Sams Bett, und der Typ wurde tatsächlich rot. *Ich wette, ich bin das erste Mädchen, das je einen Fuß in sein Zimmer gesetzt hat,* dachte sie. *Und vielleicht auch das letzte,* musste sie unwillkürlich hinzufügen.

„Cascone und Company haben, wie du sicher schon mitbekommen hast, einen Weg gefunden, sich gegen unsere Fähigkeiten zu immunisieren", antwortete Sam. „Wenn nicht ..." Er zuckte die Schultern. „Sagen wir einfach, dann sähe manches ziemlich anders aus."

„Du hast also einfach aufgegeben, weil du deine Fähigkeiten nicht einsetzen konntest?", fragte Yana. „Diese Fähigkeiten sind doch nicht der einzige Weg, um mit Leuten fertig zu werden. Ich denke an einen großen Kanister Benzin und ein paar Streichhölzer. Und zwar heute Nacht – während sie noch glauben, dass ich ein braves kleines Meerschweinchen bin. Das Center ist doch brennbar, oder etwa nicht?"

„Ich wüsste nicht, warum es das nicht sein sollte", antwortete Sam. „Aber du kannst davon ausgehen, dass du geschnappt wirst."

Yana kam sich vor, als hätte sie einen Vulkan in ihrer Brust. Siedend und blubbernd. Kurz vor dem Ausbruch. „Es ist also völlig okay, was sie mit unseren Müttern angestellt haben. Ach so. Na klar." Sie zuckte die Schultern, so wie Sam es etwa vierzig Mal getan hatte, seit sie einander begegnet waren. „Und was ist mit den anderen Leuten aus der G2, die aus ihrem Zuhause gerissen werden? Was ist mit denen? Der Vater meiner Freundin Rae – ich glaube nicht, dass er es überlebt, wenn sie verschwindet, aber ..." Sie zuckte wieder die Schultern.

„Behörde ist sehr groß, Meerschweinchen ist sehr klein", antwortete Sam. „Meerschweinchen greift Behörde an. Meerschweinchen endet als Fleck auf dem Boden." Er stand auf und trat näher an sie heran, nah genug, dass sie den Verfall riechen konnte, den Gestank seines kranken, verrottenden Körpers. „Habe ich es leicht genug gemacht, damit du es verstehst, Yana?", fragte er leise.

Sie sah zur Seite. Sie wollte nicht, dass er auch nur einen Hauch von Mitleid in ihren Augen sah. „Benzin. Streichholz. Heute Nacht. Das ist noch viel leichter. Szenario für den schlechtesten Fall: Ich kann die N-Tetran-Proben vernichten. Das wird Cascone auf jeden Fall zurückwerfen. Und Szenario für den günstigsten Fall: Ich kann viel mehr tun als das", erklärte sie. „Du kannst mitkommen. Für Mom. Und für uns alle."

„Ich versuche bis Weihnachten weiterzuatmen. Mein Vater liebt Weihnachten", antwortete Sam. „Falls du es deutlicher brauchst: Ich bin nicht dabei."

Ohne ein weiteres Wort wandte Yana sich um und ging zur Tür. Was gab es noch zu sagen? Als sie nach der Klinke griff, traf sie etwas am Rücken und fiel dann zu Boden. Sie drehte sich um und entdeckte eine Plastiktüte mit ... sie hatte keine Ahnung, was es war. Es sah aus wie silberne Buttons.

„Die kannst du auf die Überwachungskameras stecken. Sie verhindern die Übertragung", erklärte Sam. „Wenn sie die Störungen auf den Bildschirmen bemerken, werden sie natürlich alles absuchen. Vielleicht kommen sie auch darauf, dass jemand eingebrochen haben könnte. Aber sie werden nicht genau wissen, wo du dich aufhältst."

Yana ging in die Knie und hob die Tüte auf. „Danke."

„Du solltest dich nicht bei mir bedanken. Du solltest besser deinen ganzen wahnsinnigen Plan aufgeben", sagte Sam. Er zuckte die Schultern. „Aber da du das wohl nicht tun wirst – vielleicht brauchst du auch noch die Sicherheitscodes für die Türen ..."

„Was willst du hier?", schrie Emma und schlug den Schleier, der ihr Gesicht verdeckt hatte, nach hinten. „Hast du mir hinterherspioniert? Hast du Dad gesagt, dass ..."

„Hast du es schon getan?“, fragte Mandy noch mal. „Hast du wirklich geheiratet – *den da?*“ Sie zeigte mit dem Finger auf Zeke.

Das ist vielleicht nicht ganz der richtige Weg, Mandy, dachte Rae. Emma glaubte zumindest, dass sie diesen Typen liebte. Wenn Mandy schlecht über ihn sprach, wurde Emma nur noch ärgerlicher.

„Wer seid ihr denn alle?“, fragte der Pastor, und sein Blick wanderte von Mandy zu Rae, Anthony und Jesse und zurück zu Mandy.

„Ich bin ihre Schwester.“ Mandy zeigte auf Emma. „Wie kommen Sie eigentlich dazu, sie zu trauen? Sie geht noch auf die Highschool.“

„Ich bin achtzehn“, protestierte Emma. Sie wandte sich an den Pastor. „Ich habe Ihnen meinen Ausweis gezeigt. Und Zeke auch. Und wir haben die Gebühren bezahlt. Sie ...“ – Emma wandte ihren Kopf abrupt zu Mandy – „hat überhaupt nichts dazu zu sagen, ob wir heiraten oder nicht.“

„Emma, du kannst das doch nicht wirklich tun wollen!“, beharrte Mandy, und ihre Stimme brach vor Aufregung. „Was ist mit der Universität? Was ist mit all deinen Plänen?“

„Pläne können sich ändern, Mandy“, sagte Emma. „Hör zu, jetzt, wo du schon hier bist: Setz dich hin und sieh zu, wie ich heirate, und freu dich für mich.“

Rae sah kurz zu Zeke. Er hatte denselben leeren Blick wie neulich im Musikladen – mit glänzenden Augen und ohne sichtbare Teilnahme. Als wenn sich die Szene zwischen Mandy und Emma im Fernsehen abspielte. *Ist er jetzt schon wieder high?*, überlegte sie. *Bei seiner eigenen Hochzeit?*

„Ich kann mich nicht für dich freuen", antwortete Mandy. „Du kannst nicht erwarten, dass ich mich für dich freue, wenn du dein Leben wegwirfst." Sie machte eine Pause, und Rae merkte, dass sie mit sich rang, die nächsten Worte herauszubringen. Mit einem Mal wusste Rae, wie sie lauten würden. „Em, glaubst du, dass Mom sich für dich freuen würde?", fragte Mandy leise.

Emmas Augen füllten sich mit Tränen. „Wieso fängst du jetzt von Mom an? Das soll der schönste Tag in meinem Leben sein." Sie wandte sich an den Pfarrer und kehrte Mandy den Rücken zu. „Machen Sie bitte weiter. Wir waren schon fast beim Ringtausch."

Die Antwort der Pfarrers war zu leise, als dass Rae sie hätte hören können. Mandy warf Rae einen bittenden Blick zu. *Was erwartet sie von mir?*, dachte Rae. *Was soll ich tun? Ich kenne Emma doch kaum. Oder auch Zeke. Warum sollten sie auf mich hören?*

„Rae", flüsterte Anthony, und sein Atem blies warm gegen ihr Ohr. „Da vorne?"

„Wie bitte?", flüsterte sie zurück.

„Ich möchte jetzt außer den Zeugen alle bitten, die Kirche zu verlassen", verkündete der Pastor mit milder, aber fester Stimme.

„Fingerabdrucklesen. In der Bank vorne rechts“, erklärte Anthony. „Vielleicht kannst du ...“

„Ja, vielleicht“, antwortete Rae. Sie verstand ihn, ohne dass er jedes Wort aussprechen musste. Wie so oft. „Versuch ein bisschen Zeit für mich herauszuschinden.“ Sie lief nach vorn und schlüpfte in die Kirchenbank.

„Mandy, ich finde, du solltest bleiben“, sagte Anthony laut und deutlich. „Sicher willst du am Ende doch sehen, wie deine Schwester heiratet.“

Rae blendete alle Stimmen, die um sie herum sprachen, aus. Sie strich mit dem nackten Finger über die Griffe von Emmas Tasche ...

/ abhauen / Kleid / liebe ihn / Universität / mein Leben beginnen / Brautjungfern / für immer / muss mal / was für einen Beruf / für immer /

... und die Knöpfe und den Kragen von Zekes Jeansjacke.

/ bevor sie es tut / schlauer / etwas besorgen / Typen vom College / Kinder / will keine Kinder /

Hoffentlich reicht das, dachte Rae. Sie stand auf. Irgendwie hatte Anthony Mandy und Jesse in eine Bank bugsiert. Emma wollte sich gerade wieder den Schleier vor das Gesicht breiten.

„Emma, äh, ich weiß, dass wir uns kaum kennen“, begann Rae. „Und es gibt auch keinen Grund, warum du mir zuhören solltest. Aber – äh – meine Schwester hat geheiratet, als sie ungefähr so alt war wie du." Eine Riesenlüge. Aber aus gutem Grund. „Es ist nicht besonders glücklich ausgegangen. Es stellte sich heraus, dass sie gern Kinder gehabt hätte, und der Typ nicht, und dass sie darüber nie miteinander gesprochen hatten. Er ging davon aus, dass sie mit ihm an die Uni in – äh – Columbia ging. Aber sie wollte auf keinen Fall weg aus Kalifornien. Aber ihr beiden, ihr ... ihr habt ja sicher über all das gesprochen, nicht wahr?"

„Wir müssen nicht über jede Kleinigkeit reden", antwortete Emma. Sie griff nach Zekes Hand. „Wir lieben uns. Wir wollen dasselbe."

„Auch Kinder zum Beispiel?", forschte Rae. Sie hatte ziemlich viel von Zekes Horror vor Kindern abbekommen.

„Wir wollen beide auf jeden Fall Kinder haben", sagte Emma.

Zeke widersprach zwar nicht, aber Rae hatte den Eindruck, einen Anflug von Panik in seinen Augen zu sehen. Zum ersten Mal ein echtes Gefühl.

„Sehr gut. Das ist sehr gut", fuhr Rae fort. „Denn eine Ehe – die schließt man für immer, nicht wahr?" Sie sah den Pfarrer an, und der nickte. „Und das ist eine ziemlich lange Zeit."

Dieses „für immer" schien für Emma der wichtigste Punkt zu sein. Zusammen mit den Überlegungen für das Kleid und zu den Brautjungfern. „Aber wenn es für immer ist und ihr nur ein Mal heiratet – wollt ihr denn dann nicht das ganze Programm, mit einem schönen Kleid und mit Brautjungfern? Himmel, ihr werdet ja noch nicht mal Fotos für ein Hochzeitsalbum haben!"

„Wir machen später noch ein ganz großes Hochzeitsfest. Mit all unseren Freunden. Und der Familie", sagte Emma und wandte sich hierbei direkt an Mandy.

„Und wer soll das bezahlen?", fragte Zeke.

„Das machen wir schon", antwortete Emma. „Ich werde ab sofort arbeiten, und zwar Vollzeit ..."

„Du wirst aber keinen Job finden, mit dem du so viel Geld verdienst", protestierte Zeke.

„Wenn ich aufs College gehen könnte, würde ich natürlich ...", begann Emma.

Ich wusste doch, dass du es immer noch willst. Ich wusste, dass du es nicht einfach sausen lassen wolltest, dachte Rae. Sie lächelte Mandy zu, und Mandy lächelte zurück.

„Darüber haben wir schon gesprochen!", unterbrach sie Zeke. „Für das College haben wir auch kein Geld. Darum sind wir doch darauf gekommen, dass es keinen Sinn hat, wenn du weiter zur Schule gehst."

Emma zog ihre Hand aus Zekes Hand. „Wenn wir meinen Vater gefragt hätten, ob wir bei ihm wohnen könnten, bis wir ..."

„Auf keinen Fall! Auf gar keinen Fall! Wenn wir Sex miteinander haben, und dein Vater sitzt auf der anderen Seite des Flurs ...", entgegnete Zeke.

„Und ihre Schwester auch", warf Mandy ein.

„Mein Gott! Kannst du denn nicht mal etwas anderes denken?", warf Emma ihm vor, und ihre Wangen wurden dunkelrosa. „Als wenn das der einzige Grund wäre, warum du mich heiraten willst."

Macht nur weiter so, Leute. Macht nur weiter, dachte Rae.

Kapitel Elf

Yana zog ihre *Happy-Burger*-Uniform an, mitsamt dem „Einen schönen Tag wünscht *Happy Burger*"-Button und der albernen Schirmmütze. Sie betrachtete sich im Spiegel an der Innenseite ihres Kleiderschranks. „So sieht ein superfröhliches *Happy-Burger*-Mädchen aus", sagte sie zu ihrem Spiegelbild. Dann nahm sie eine große, von oben bis unten mit lächelnden Lippen bedeckte Pappschachtel auf den Arm, die man für die großen Bestellungen benutzte. Nur dass sich in ihrem Inneren weder Pommes frites noch Burger befanden. Sondern Dosen mit Flüssiganzünder. „Wir freuen uns, Sie in ganz Atlanta kostenlos beliefern zu können." Sie klebte ein freundliches Lächeln auf ihr Gesicht. Es sah unecht aus – unecht und ängstlich – aber sie dachte, dass es beim Wachmann im Erdgeschoss des Wilton Centers schon funktionieren würde.

Sie schloss die Tür des Kleiderschranks und sah sich in ihrem Zimmer um. Ihr Bett war gemacht. Ihre Kleider waren aufgeräumt. Ihr Schreibtisch ordentlich. *Es sieht aus, als würde hier überhaupt niemand wohnen,* dachte sie. Aber so sah es ja immer aus. Und so mochte sie es. Als sie noch jünger war – eigentlich gar nicht so sehr viel jünger, vielleicht ein paar Wochen – hatte sie sich immer vorgestellt, dass dies ein Hotelzimmer sei. Wenn sie in ihrem Bett lag, dachte sie sich Geschichten über die Stadt aus, in der sie in dieser Nacht schliefe. Ob sie diesen Raum jemals wieder sehen würde?

Fang jetzt nicht davon an, befahl sich Yana. Sie warf einen kurzen Blick auf die Uhr. Himmel, sie war viel zu früh fertig. Wieso hatte sie gedacht, dass es länger dauern könnte, ein paar Dosen Flüssiganzünder zu kaufen und sich anzuziehen? Wenn es doch nur schon Zeit zu gehen wäre! Sie hatte so lange gewartet. Fast fünf Jahre.

Aber ein bisschen länger musste sie sich noch gedulden. Ihr Plan fiel und stand damit, genau zur richtigen Zeit zu kommen. Wenn sie jetzt losging, würden sich noch Teilnehmer der Kurse, die dort angeboten wurden, im Center befinden. Leute, die keine Ahnung davon hatten, dass sie der Behörde einen Dienst erwiesen, indem sie dem Center das Erscheinungsbild eines normalen Ortes gaben, wo ganz normale Kurse angeboten wurden. Diese Leute, die strickten oder Flamencotanz machten oder meditierten, sie alle brauchten ihre Zeit, um fertig zu werden und das Center zu verlassen. Was bedeutete, dass Yana noch eine Stunde und – sie sah auf ihre Uhr – dreizehn Minuten warten musste, um ihnen Zeit zu lassen, ihre Sachen zusammenzupacken, auf die Toilette zu gehen, mit ihren Freunden zu schwatzen und sich auf den Weg in ihre sicheren Heime zu machen, bevor Yana auf den Parkplatz des Centers fuhr.

Yana blickte wieder auf die Uhr, obwohl sie wusste, dass noch nicht mal eine Minute verstrichen war. Sie musste aufpassen, dass sie nicht zu lange wartete. Cascone arbeitete normalerweise bis spät in die Nacht. Und ein paar andere Ärzte auch. Sie sollten noch da sein, wenn Yana kam. Wenn sie das Gebäude anzündete, würde sie einiges an Forschungsmaterial zerstören und sich sämtliche N-Tetran-Proben vom Hals schaffen. Das würde die Dinge ziemlich zurückwerfen und Rae und Mandy und den anderen Leuten aus der G2 ein wenig Zeit verschaffen. Aber wenn sie die Behörde wirklich fertig machen wollte, musste sie ihr Ding durchziehen, während sich zumindest noch ein paar der Verantwortlichen im Gebäude befanden.

Sie setzte sich auf ihre Bettkante, wobei sie darauf achtete, die Bettdecke nicht zu zerdrücken, und ließ ihren Kopf auf der Pappschachtel ruhen, die sie in ihren Armen hielt. Ihre Augen folgten dem großen Zeiger auf dem Zifferblatt der Uhr. Eine Runde, noch eine und noch eine.

Bald, dachte sie. *Ganz, ganz bald.*

Ich glaube, diese Mission kann man wohl „erfüllt" nennen, dachte Anthony. Mandys Schwester schrie und heulte, und Zeke schrie zurück. Anthony war sich ziemlich sicher, dass es an diesem Tag keine Hochzeit mehr geben würde. Und auch nicht in der nächsten Zeit.

Die Schreierei verursachte ihm Kopfschmerzen, und er hatte keine Lust, die Schwierigkeiten einer fremden Familie mitzubekommen – er hatte genug mit der eigenen zu tun –, darum verließ er die Kirche, ging zu seinem Auto und setzte sich auf die Motorhaube. Er schloss die Augen, lehnte seinen Kopf zurück und ließ sich die Sonne ins Gesicht scheinen.

„Na, du?"

Anthony öffnete die Augen und sah Rae vor sich stehen. „Hallo." Er strich sich die Haare aus dem Gesicht. „Ist da drinnen jetzt alles unter Kontrolle?"

„Ich glaube schon", antwortete Rae. „Mandy und Jesse haben Emma ..." Sie wurde vom Poltern der zufallenden Kirchentür unterbrochen. Zeke stapfte aus der Kirche und stieg in einen abgewrackten Chevrolet Nova. Mit quietschenden Reifen fuhr er los. „Tja, ich würde schon sagen, dass wir unseren Job hier erledigt haben", sagte Rae, während sie Zekes Auto hinterhersah, wie es um die Ecke bog und verschwand.

„Vielleicht sollte ich in seine Lücke fahren. Zum Glück habe ich noch keinen Strafzettel für das Parken in der zweiten Reihe bekommen." Anthony stieg in den Hyundai, und Rae setzte sich neben ihn. Er lenkte den Wagen in die Lücke, dann schaltete er den Motor ab.

„Es könnte noch eine Weile dauern, bis Emma sich gefangen hat", sagte Rae.
Anthony nickte. Es war ihm egal, wie lange sie brauchte. Mit Rae im Auto zu sitzen gehörte zu seinen Lieblingsbeschäftigungen. Es kam ihm vor, als sei das Innere seines Autos eine eigene kleine Welt, und Rae und er seien die einzigen Menschen, die dort lebten.
„Vielen Dank für alles." Rae nahm seinen Arm und legte ihn um ihre Schultern.
„Keine Ursache", antwortete Anthony und zeichnete mit seinem Daumen kleine Kreise auf ihren Arm. „Ich dachte, Mandy macht Theater wegen nichts und wieder nichts. Aber so wie es aussieht, wollten wohl eigentlich beide nicht heiraten."
„Ja", sagte Rae. „Das wurde schon ziemlich klar, als ich die Fingerabdrücke gelesen habe."
Anthony lachte kurz auf, was mehr wie ein Bellen klang. „Kannst du dir vorstellen, wie dein Vater reagieren würde, wenn er mitbekäme, dass wir beide heiraten wollen?"
„Während wir beide noch auf der Highschool sind? Er würde ..." Rae unterbrach sich plötzlich und starrte ihn an. „Aber so meintest du das gar nicht, nicht wahr? Du meintest, wenn wir *jemals* heiraten wollen, stimmt's?"
Sie klang sauer. Was hatte er denn gesagt?
„Anthony, glaubst du wirklich ... ich meine, ich liebe dich."

Anthony sah zu ihr zurück, versuchte dahinter zu kommen, was er denken sollte. Hatte sie gerade gesagt, was er glaubte, dass sie gesagt hätte? Nur – warum klang sie dann noch so ärgerlich?

„Ich liebe dich", wiederholte sie, und löschte damit jeden Zweifel aus, dass er sich verhört haben könnte. „Aber glaubst du wirklich, dass ich jemanden lieben könnte, der eine absolute null ist? Denn dafür hältst du dich doch, oder? Für jemanden, bei dem mein Vater niemals einverstanden wäre, dass ich mit ihm zusammen bin."

Anthony fühlte sich wie von einer Betäubungspistole getroffen. Rae liebte ihn. Tatsächlich – Rae Voight *liebte* ihn. Er schüttelte seinen Kopf ein wenig, als ihm klar wurde, was sie darüber hinaus noch gesagt hatte. „Ach komm, als wenn dein Vater nicht wollte, dass du einen Typen vom College heiratest", sagte er, aber seine Stimme klang ein wenig komisch. Er wusste gar nicht, wie er darauf überhaupt reagieren sollte.

„Erstens könntest du auch ein Typ vom College sein, wenn du es willst", antwortete Rae. „Zweitens, mein Vater würde immer wollen, dass ich mit jemandem zusammen bin, der ... mein Gott, der einfach gut zu mir ist. Jemand, der für mich da ist. So wie du immer."

„Ja. Kann ich mir vorstellen", gab er zu.

„Kannst du dir vorstellen?" Raes Stimme wurde höher. „Anthony, Marcus wird ein Collegetyp werden. Glaubst du, mein Vater würde wollen, dass ich mit jemandem wie ihm zusammen wäre? Glaubst du, ich würde mit jemandem wie ihm zusammen sein wollen? Jemand, der so ein Waschlappen ist, dass er sich mehr dafür interessiert, was andere Leute sagen, als für mich?"

„Er ist ein Waschlappen", stimmte Anthony zu.

„Und mit einem Waschlappen sollte ich nicht zusammen sein, richtig?", fragte Rae.

„Nein. Du solltest nicht mit einem Waschlappen zusammen sein", antwortete er.

„Und würdest du dich einen Waschlappen nennen?", fragte Rae. Sie rutschte näher an ihn heran, bis ihr Gesicht weniger als einen Zentimeter von seinem entfernt war.

„Nein." Anthony konnte nicht verhindern, dass sich ein Lächeln auf seinem Gesicht ausbreitete. Ein Lächeln, das so breit war, dass es wehtat.

Dann fühlte er langsam, wie das Lächeln erlosch. Sein Hals verschloss sich, bis er so dünn war wie ein Strohhalm in den Drinks der Bars. Es gab etwas, das er ihr sagen musste. Jetzt. Aber er war sich nicht sicher, ob er es schaffte.

„Rae ..."

Sein Herz begann zu flattern, als wenn es aus seiner Brust ausbrechen wollte. Das hier war ganz schön schwierig. Wenn sie jetzt lachte? Oder eingestand, dass sie mit dem, was sie gesagt hatte, nur Spaß gemacht hatte? Oder ...

„Rae", begann er noch mal. Er atmete tief ein, hoffte, dass

sich sein Hals dadurch ein wenig öffnen würde. „Rae, ich liebe dich auch.“

Sie schloss den Bruchteil Raum zwischen ihnen und küsste ihn – mit einem zärtlichen Kuss, den er in jedem Winkel seines Körpers spürte.

„Ich liebe dich“, sagte er noch einmal, ohne den Kontakt seiner Lippen zu ihren zu unterbrechen. Und diesmal fiel es ihm leicht. Es war das Leichteste, was er jemals gesagt hatte.

Endlich ist es so weit, dachte Yana. *Es ist so weit, Mom.* Sie stieg aus ihrem Käfer, ihre große Pappschachtel im Arm, und schubste mit dem Hintern die Tür zu. Sie klebte das Lächeln, das sie in ihrem Zimmer geübt hatte, auf ihr Gesicht und ging zum Haupteingang. Er war noch offen. Ein gutes Zeichen, sagte sie sich, als sie eintrat und den Flur entlangging, über den man zu dem Raum mit den Überwachungsmonitoren kam.

Bevor sie die Hälfte des Weges zurückgelegt hatte, streckte der Wachmann schon den Kopf aus seinem Raum. *„Happy Burger.* Ich habe eine Bestellung“, rief Yana. „Und zwar eine große.“ Sie deutete mit dem Kopf auf die Schachtel in ihren Armen. „Hier steigt wohl eine Party.“

Der Wachmann strich sich mit der Hand über sein kurzes Bürstenhaar. „Ich rufe mal unten an und frag nach.“

„Aber nein!“, rief Yana schnell. „Der Mann, der angerufen

hat, hat gesagt, erster Stock und gleich hinter der Tür rechts. Habe ich denn vielleicht die falsche Adresse?" Sie sprach immer weiter, während sie auf ihn zuging und versuchte ihn vom Telefonieren abzuhalten. „Himmel, wenn ich mich jetzt vertan habe, wird mein Chef aber sauer sein. Das ganze Essen wird kalt und ..." Jetzt stand Yana vor dem Wachmann und stellte die Schachtel ab. „Dann muss ich wohl zurück und die Bestellung noch mal neu aufnehmen."

Um nicht zu verraten, was sie vorhatte, hielt sie ihren Blick auf das Gesicht des Wachmanns gerichtet. Gleichzeitig griff sie in ihre Tasche und zog die Betäubungspistole heraus. Sie konnte nicht riskieren, ihre Fähigkeit, Gedanken in fremde Köpfe zu senden, bei diesem Typen zum Einsatz zu bringen. Vielleicht war er ja ebenfalls immun dagegen, wie die anderen aus dem Untergeschoss. „Ich hoffe nur, ich werde nicht gefeuert", sagte sie. Dann drückte sie ab.

Damit hatte der Wachmann nicht gerechnet. Er starrte Yana an, unfähig sich zu bewegen. Yana zog eine Rolle Klebeband aus ihrer Tasche. Sie verklebte seinen Mund und band seine Füße zusammen. Dann rollte sie ihn auf den Bauch und fesselte ihm die Hände auf den Rücken. Vor Anstrengung heftig keuchend, gelang es ihr, ihn zurück in seinen kleinen Raum zu zerren.

Hinter dem Klebeband gab der Wachmann leise, ärgerliche Laute von sich. Dieses Grunzen drehte Yana beinahe den Magen herum. Sie ließ hier einen hilflosen Mann zurück.

Wenn das Feuer ... Yana schüttelte den Kopf, als wollte sie den Gedanken aus ihrem Hirn schleudern. „Du hast genau gewusst, was da unten vor sich geht. Du hast es gewusst. Du hättest dir besser einen Job bei *7-Eleven* suchen sollen." Sie verließ den Raum, schloss sorgfältig die Tür hinter sich und nahm ihre Schachtel.

Alle, die hier geblieben sind, haben verdient, was sie bekommen werden, sagte sie sich, während sie den Flur entlangeilte und die Metalldosen mit Flüssiganzünder im Inneren der Kiste wie Gongschläge aneinander prallten. *Alle, die unschuldig sind, sind entweder auf dem Weg nach Hause oder schon da und hängen vor der Glotze.*

Vor der ersten Kamera blieb Yana stehen. Sie befand sich nur wenige Schritte von der Tür entfernt, die zur Kellertür führte und war über Yanas Kopf an der Wand angebracht. Yana setzte die Schachtel ab, stellte sich darauf, zog eine Blendkappe aus dem Plastiktütchen, das sie in ihrem BH trug, und steckte es auf die Kamera. Die Blendkappe besaß einen Magneten, von dem sie gehalten wurde. Sam hatte wirklich an alles gedacht.

Wenn du das hier hinter dir hast, kannst du dich bei ihm bedanken, sagte sich Yana, während sie von der Schachtel stieg und sie wieder auf den Arm nahm. *Jetzt mach erst mal voran. Los, los, los!* Mit drei langen Schritten war sie bei der Tür zur Treppe. Sie hob ein Knie, um die Schachtel darauf zu balancieren, während sie den Sicherheitscode eingab und

die Tür öffnete. Sie zögerte einen Moment und lauschte. Aber auf der Treppe waren keine Schritte zu hören.
Also los!, dachte sie. So schnell sie mit der Schachtel konnte, lief sie die Treppe hinunter. Dann hörte sie, wie Metall gegen Holz schlug. Verdammt. Das war die Tür am Fuß der Treppen. Yana lief ein paar Stufen zurück nach oben, sodass sie sich etwa auf der Hälfte der Treppe oberhalb des ersten Absatzes befand. Sie hörte Schritte, die näher kamen. Einen Augenblick später wirbelten zwei Wachmänner über den nächsttieferen Absatz und begannen die Treppe unterhalb von Yana hinaufzulaufen.
„Ich gebe auf!", rief Yana. Die Wachen liefen mit unverminderter Geschwindigkeit auf sie zu. *Lass sie kommen, lass sie kommen*, redete Yana sich zu. Jetzt erreichten sie den Absatz unterhalb von Yana. Yana warf die Schachtel über das Treppengeländer auf die Treppe, die zum zweiten Absatz führte. Dann fasste sie mit beiden Händen das Treppengeländer und schwang sich darüber. *Jetzt bin ich wenigstens vor ihnen*, dachte sie, während sie die Schachtel an sich riss und losrannte. *Wenn auch nicht allzu weit voraus.* Die Wachen hatten sich schon umgedreht. Sie kamen hinter ihr her. Ihre Stiefel klangen auf dem Zementboden wie Donner.
Yana wirbelte über den zweiten Absatz. Sie konnte die Tür zum Keller schon sehen. *Fünf, sieben, drei, eins, eins, fünf, zwei*, sang sie im Kopf. Vor der Tür blieb sie stehen und hämmerte den Code ein. Die Wachen hatten jetzt ebenfalls

den letzten Absatz erreicht. Yana konnte sie hören. Noch eine Sekunde, dann würden sie ...

Die Tür sprang auf. Yana stürzte hinein. Sie wirbelte zu der Tastatur auf der Innenseite des Traktes und begann, eine weitere Zahlenkombination einzugeben. *Schneller, schneller,* dachte sie. Sie konnte die Wachen brüllen hören. Sie befanden sich schon an der Außenseite der Tür.

Aber sie kamen zu spät. Yana hämmerte die beiden letzten Ziffern ein, die sie brauchte, um den Code zu ändern. Noch mal danke, Sam. Ohne den neuen Code – ihren Code – kam jetzt niemand mehr herein. Und niemand mehr heraus.

Steh nicht herum und gratulier dir selbst. Hier unten gibt es auch Sicherheitskameras. Yana ließ ihren Blick durch den vorderen Flur schweifen und entdeckte links von ihr eine Kamera. Sie schoss darauf zu, stellte die Kiste ab, sprang darauf und steckte eine Kappe auf die Linse. Von weitem konnte sie Stimmen hören. Eine davon schien Cascone zu gehören. Yana lief in die entgegengesetzte Richtung. Aus dem Augenwinkel fiel ihr eine Metallbox an einer Wand auf. Treffer! Der Sicherungskasten. Sie öffnete ihn und schaltete mit der Handkante eine ganze Reihe Sicherungen auf einmal aus. Als sie die zweite Reihe ausschaltete, wurde der Flur, in dem sie sich befand, dunkel.

Die Stimmen kamen näher. Yana verschwand in den nächstbesten Raum. Mist. Er war klein, enthielt nur einen Schreibtisch und einen Stuhl. Nicht unbedingt der geeignete

Ort, um sich zu verstecken. Yana schob ihre Schachtel unter den Tisch, dann stellte sie sich neben die Tür und zog ihre Betäubungspistole – für den Fall des Falles. *Vielleicht sehen sie hier ja auch gar nicht nach,* dachte sie.

Aber im nächsten Moment wurde die Tür geöffnet. Yana rührte sich nicht, drückte sich bewegungslos zwischen die Tür und die Wand. Sie wollte die Betäubungspistole nur im Notfall einsetzen. Wer immer dies sein mochte – der betäubte Körper würde ein Geräusch verursachen, wenn er zu Boden ging. Und vielleicht würde ihm auch noch Zeit zu schreien bleiben, bevor Yana ihrem Gegenüber den Mund verkleben konnte. Und damit würde ihr Versteck auffliegen. *Wie lange braucht man denn, um in so einem kleinen Büro nachzusehen?,* überlegte sie. Hatte derjenige, der in der Tür stand, ihre Kiste gesehen? War sie schon entdeckt worden, aber sie sollte es noch nicht wissen? Yanas Herz begann so heftig zu schlagen, dass sie es in ihren Schläfen fühlen konnte; in ihrem Hals und sogar in ihren Fingern.

Jetzt kamen vom Teppichboden gedämpfte Schritte auf sie zu. *Ist es überhaupt möglich, dass sie mein Herz nicht hören?,* überlegte sie. Es hämmerte so laut, dass sie erstaunt war, dass der Boden nicht vibrierte.

Die Tür schwang jetzt von Yana weg und gab auf diese Weise ihr Versteck preis. Sie hob die Betäubungspistole – aber sie war allein. Die Person, die den Raum abgesucht hatte, war gegangen und hatte die Tür hinter sich geschlossen.

Beweg dich nicht. Noch nicht, dachte Yana. Sie hielt sich so still, dass ihre Muskeln aus Protest zu schreien schienen. Eine Minute lang. Zwei. *Okay, jetzt müssten sie diesen Flur eigentlich hinter sich haben,* beschloss sie. Sie machte sich von der Wand los und lief zum Tisch, ging in die Knie und holte die Schachtel hervor. Sie nahm eine Dose Flüssiganzünder heraus und goss ihn auf den Teppich. Der scharfe Geruch des Gemischs stieg ihr in die Nase, den Mund und die Lungen.

„Wenn ich es mache, dann mache ich es auch richtig", flüsterte Yana. Sie öffnete das Aktenfach des Schreibtisches, leerte die Akten auf den Boden aus und stapelte sie unter dem hölzernen Schreibtisch zu einem großen Haufen auf.

Aber jetzt war noch nicht der Zeitpunkt gekommen, um die Streichhölzer anzuzünden. Noch nicht. Sie hatte noch mehr Zündflüssigkeit, die sie verschütten wollte. Und sie musste die N-Tetran-Proben finden. Aber wenn es so weit war, würde dieser Raum schon ein ordentliches Freudenfeuer abgeben. Yana nahm einen Rucksack aus der Schachtel und steckte drei Dosen Flüssiganzünder hinein. Dann setzte sie den Rucksack auf. Die letzten beiden Dosen nahm sie in die Hand, danach lief sie zur Tür und öffnete sie ein paar Zentimeter weit.

Sie konnte Stimmen hören, sehr nah, aber nicht zu nah. Sie schlüpfte auf den Flur hinaus und lief zur nächsten Tür. Dabei ließ sie eine Spur des Flüssiganzünders hinter sich.

Für dich, Mom. Und für dich, Sam. Und für dich, Rae. Und für deine Mutter. Und für Mandy und ihre Mutter. Und für Sams Mutter. Für uns alle.

KAPITEL ZWÖLF

Ich kann gar nicht glauben, dass er wirklich gesagt hat, er liebt mich, dachte Rae zum tausendsten Mal. Sie waren schon den ganzen Weg nach Atlanta zurückgefahren, und sie durchlebte diesen Moment noch immer. Sie hatte zwar nicht geglaubt, dass er sie nicht liebte – so wie er sie ansah, die Dinge, die er für sie tat; er wachte sogar über sie, während sie schlief. Aber sie hätte nie geglaubt, dass er es mit Worten sagen würde. Das schien einfach nicht zu Anthony zu passen. Sie sah zu ihm, und ihr Mund bog sich zu einem Lächeln. Das war es, was mit ihr geschah, wenn sie ihn ansah. Oder mindestens das.

„Ist was?", fragte Anthony.

„Nichts", antwortete Rae. *Nur dass du gesagt hast, du liebst mich.* Sie hätte Lust gehabt, das Fenster herunterzukurbeln und es jedem Auto, an dem sie vorbeifuhren, zuzurufen. *Anthony hat mir gesagt, dass er mich liebt! Anthony hat mir gesagt, dass er mich liebt!*

Aber während Emma auf dem Rücksitz saß und so schnaufte, wie man schnauft, wenn man versucht nicht zu weinen, wäre es wohl nicht das Geschickteste gewesen, in der Ge-

gend herumzubrüllen, wie sehr Anthony Rae liebte. Und auch nicht herauszuschreien, wie sehr Rae Anthony liebte – was die zweite Sache war, die sie gern sämtlichen Leuten in sämtlichen Autos zugerufen hätte.

Rae wandte sich um und traf auf Mandys Blick. „Wie geht es euch dahinten?", fragte sie.

„Wenn ich mir das vorstelle ... ich war schon so gut wie verheiratet", sagte Emma und starrte in ihren Schoß. „Verheiratet! Ich war nur ein paar Worte davon entfernt verheiratet zu sein."

„Du bist es aber nicht", antwortete Mandy. „Und das ist gut so."

Emma rieb sich mit den Händen über das Gesicht. „Und Zeke ... ob ich ihn wohl jemals wieder sehen werde?"

„Willst du das denn?", fragte Jesse. Er klang leicht abgestoßen. Er befand sich ganz offensichtlich in der Mandy-Zone – was sie dachte, das dachte er auch.

„Ich bin mir nicht sicher", antwortete Emma. Sie wickelte ihre Arme um sich. Aber ihre eigenen Arme waren nicht stark genug, um das Zittern zu verhindern, das ihren Körper durchlief.

„Wir sind so gut wie da", verkündete Anthony, als er in Mandys und Emmas Straße einbog.

„Halt bitte hier an", sagte Emma. „Ich muss mit Becky sprechen."

„Das ist ihre beste Freundin“, erklärte Mandy. „Sie kennen sich seit dem Kindergarten.“

Anthony fuhr an die Seite.

„Soll ich mitkommen?“, fragte Mandy. Sie wollte ihre Schwester nicht aus den Augen lassen. Das konnte Rae verstehen.

„Nein“, sagte Emma scharf. Sie öffnete die Autotür und wollte schon aussteigen. Aber dann wandte sie sich noch mal um und nahm ihre Schwester fest in die Arme. „Danke.“ Bevor Mandy antworten konnte, stieg Emma aus und warf die Tür zu.

Hat sie es Mandy angesehen?, überlegte Rae. *Hat sie gesehen, welche Sorgen sich Mandy machte? Wie sehr Mandy sie liebt?*

„Hey, sollen wir zum *Chick-fil-A* oder so fahren?“, schlug Jesse vor. „Ich komme um vor Hunger.“

Und du hast keine Lust, dich von Mandy trennen zu müssen, dachte Rae.

Anthony warf Rae einen Blick zu, der eine Frage enthielt. Sie nickte. Ja, sie hätte Mandy und Jesse lieber jeweils zu Hause abgesetzt, um Anthony ganz für sich allein zu haben. Aber sie konnte sich den zarten Banden, die sich zwischen Mandy und Jesse entwickelten, doch nicht in den Weg stellen.

„Anthony, kann ich dein Sweatshirt anziehen?“, fragte Mandy, während Anthony schon drehte. Bevor er antworten konnte, hob sie es vom Boden auf, und aus ihrem Gesicht wich jegliches Leben. Sie begann ihre Hände in ihrem Schoß zu drehen.

„Sie sieht etwas", sagte Jesse, und seine Stimme überschlug sich.

„Fahr an den Rand!", ächzte Mandy. „Mir ist schlecht."

Anthony wechselte die Spur und fuhr an den Bordstein.

Mandy stürzte aus dem Auto. Rae stieg ebenfalls aus und hielt Mandy die langen Haare nach hinten, während sie sich übergab – sich übergab, bis sich nichts mehr in ihrem Magen befand und ihr Körper von leerem Würgen geschüttelt wurde.

„Hier." Anthony lehnte sich aus dem Beifahrerfenster und reichte Rae eine Coladose. „Sie ist warm, aber ..."

„Um so besser", sagte Rae. Sie riss den Ring auf, ohne auf die besorgten Gedanken Anthonys zu achten, die sie empfing, und reichte Mandy die Dose. „Trink."

Mandy trank die halbe Dose leer, dann wischte sie sich mit dem Arm über den Mund und wandte sich an Rae. „Ich habe Yana gesehen", flüsterte sie. „Überall war Rauch, und sie musste würgen. Benzin, nehme ich an."

„Wo war das?", schrie Rae.

„Ich weiß es nicht", brach es aus Mandy heraus.

Anthony lehnte sich aus dem Fenster. „Ich hatte ganz vergessen, dass Yana das Sweatshirt getragen hat, als sie das letzte Mal hier im Auto saß. Bist du okay, Mandy?"

„Meinst du, dass du noch mal sehen kannst? Schaffst du das?", fragte Rae.

„Ja. Meine Vision wird ein wenig verschwommen werden. Weil nicht genügend Zeit seit dem letzten Mal vergangen ist. Aber trotzdem", antwortete Mandy. Sie wischte sich noch mal über den Mund. Dann gab sie Rae das Sweatshirt. Im nächsten Moment nahm sie es zurück und drückte es eng an sich, um die Verbindung herzustellen.

Augenblicklich wurde Mandys Gesichtsausdruck leer. Dann rang sie nach Atem – ein Geräusch, bei dem Raes Magen versuchte, aus ihrem Körper zu kriechen. Langsam hob Mandy die Arme.

Als wenn sie sich vor jemandem ergeben würde, dachte Rae. *Mein Gott, was geschieht nur mit Yana?*

Mandy blinzelte einige Male rasch, dann sah sie Rae an. „Sie war gerade dabei, ein Feuer in einem Mülleimer zu legen. Ich weiß nicht, wo es war. Zwei Männer – in Uniformen – kamen auf sie zu. Rae – sie richteten Pistolen auf sie! Ich glaube, sie wollten sie töten!"

„Zurück ins Auto", befahl Rae, während sie auf den Vordersitz sprang. „Wir müssen zum Wilton Center. Yana ist in Schwierigkeiten."

„Okay, ihr habt mich", sagte Yana. Sie hielt ihre Arme in die Höhe, lockerte aber nicht ihren Griff an den Henkeln der beiden Metallkassetten, die sie im Labor gefunden hatte. Die

N-Tetran-Proben blieben bei ihr! „Bringt mich zu Cascone. Ich bin mir sicher, dass sie mich auf der Stelle sehen will."

Das Feuer, das sie im Mülleimer entzündet hatte, sprang auf die Spur des Flüssiganzünders über, den sie über den ganzen Kellerflur verteilt hatte. Keiner der beiden Wachmänner ließ sie aus den Augen. Yana hörte ein Klicken, dann noch eins.

Das sind die Sicherungen an den Pistolen, die gelöst werden. Sie wollen mich umbringen. Hier. Und jetzt.

Yana hätte abhauen wollen. Damit sie wenigstens ein bewegliches Ziel bildete. Aber ihre Füße schienen am Boden festgeschmolzen zu sein. Die Flammen verbrannten die Haut an ihrem rechten Bein, aber selbst das reichte nicht aus, um ihre Muskeln ihrem schreienden Hirn gehorchen zu lassen. „Wisst ihr beiden überhaupt, wen ihr bewacht?", platzte sie heraus. „Meine Mutter ist umgebracht worden, von ..."

Die Hände des Wachmanns links von ihr begannen zu glimmen. Er warf seine Pistole hinter sich, und sein Mund klappte vor Erstaunen auf.

„Was zum Teufel hast du gemacht ...?", sagte der andere Wachmann. Dann begann auch seine Hand zu glimmen, sodass die Knochen und die Adern sichtbar wurden. Im nächsten Moment warf er seine Pistole hinter sich.

„Jetzt wäre der geeignete Augenblick, um abzuhauen", sagte eine Stimme hinter Yana. Sie drehte ruckartig ihren Kopf herum und sah Sam.

„Wie ... du kannst doch gar nicht hier sein. Ich habe den Code verändert“, schrie Yana.
„Du glaubst doch wohl nicht im Ernst, dass ich dir jeden Trick verraten habe, den ich kenne?“, schrie Sam zurück. „Los jetzt! Beweg dich!“
Yanas Körper vollführte eine heftige Bewegung, dann war sie frei. Sie lief zu Sam, und die beiden Metallkassetten schlugen gegen ihre Beine.
Er fasste sie am Handgelenk und zog sie nach links. „Es gibt noch eine Treppe“, erklärte er ihr im Laufen. Sie bogen um eine Ecke – und standen vor einer Feuerwand. Yanas Haar begann sich zu kräuseln, und ihre Augen brannten, obwohl sie sich noch ein ganzes Stück davon entfernt befanden.
„Den Weg zurück, den wir gekommen sind“, bellte sie. Dieses Mal übernahm Yana die Führung und zog Sam mit sich. Ein Brocken glühendheißen Gipses fiel ihr auf die Schulter. Sie sah nach oben und stellte fest, dass das Feuer an der Decke zu fressen begonnen hatte.
„Ich kann noch nicht mal bis zum Ende des Flurs sehen“, schrie Sam. Und Yana konnte es auch nicht. Der Rauch war zu dicht. Er fühlte sich schwer wie Ziegelsteine an, als er in ihren Mund und die Nase eindrang und den Hals hinunter in die Lungen fiel.
„Runter!“, befahl Yana. Sie warf sich auf den Boden und riss Sam mit sich. Dann begann sie, unter dem Poltern der Metallkassetten, auf die Arme gestützt nach vorn zu robben.

„Ich orientiere mich mit einem Fuß an der Wand. Wenn wir an den Flur kommen, der quer verläuft, wenden wir uns nach rechts."
„Okay. Ich folge dir", antwortete Sam, und seine Stimme klang schwach und heiser.
Yana kroch weiter. Es ging langsam. Viel zu langsam. Aber sie hatte Angst umzukippen, wenn sie aufstand. *Also, steh nicht auf,* sagte sie sich. *Wen kümmert es, wenn es langsam ist? Solange es vorangeht.*
Linker Ellbogen. Klong – eine der Metallkassetten schlug auf den Boden. Rechtes Knie. Rechter Ellbogen. Klong – die andere Metallkassette schlug auf den Boden. Linkes Knie. Noch mal. Noch mal. Noch mal. Wenigstens waren keine Wachen hinter ihnen her. Yana hörte Schreie und Schritte, aber sie hatte den Eindruck, dass jedermann nur nach einem Weg nach draußen suchte. Linker Ellbogen. Kling. Rechtes Knie. Rechter Ellbogen. Klong. Linkes Knie. Noch mal. Noch mal. Noch mal. Ob sie schon am quer verlaufenden Flur angekommen waren? Oder konnten sie ihn verpasst haben?
„Sam, wir sind doch noch nicht am Querflur vorbei, oder?", rief Yana.
Er antwortete nicht. „Sam!", schrie Yana. Sie gab sich alle Mühe, durch den Rauch hindurchzusehen. Ihre Augen brannten so heftig, dass sie fast nichts sehen konnte. Sie streckte die Hand aus und tastete über den Boden, wobei sie den Griff der Metallkassette über ihren Daumen gezogen

hielt. Wo war er? „Sam!", schrie sie noch einmal und begann sich mit den Händen rückwärts über den Linoleumboden zu schieben. Alle paar Schritte breitete sie die Arme zu den Seiten aus und fühlte und tastete nach ihm. Wo war er? Wo konnte er nur sein?

Yana rutschte noch ein paar Schritte rückwärts. Sie streckte ihren Arm aus und fühlte Fleisch an ihren Fingern. Sie robbte näher heran und erkannte, dass ihre Hand auf Sams Arm lag. Sam lag vollkommen bewegungslos da. „Beweg dich! Oder willst du hier drinnen sterben?" Sie stieß ihn rüde an. Ohne Widerstand rutschte sein Körper über den Boden. „Sam! Wach auf! Mach schon! Wach auf! Komm zu dir!"

Sie hörte ihn zitternd einatmen – ein Atemzug, der aus der Tiefe seiner Brust heraus rasselte. „Genau! So ist es gut! Du musst weiteratmen." Yana legte ihren Arm um seine Schultern und begann wieder vorwärts zu kriechen. Sie war sich ziemlich sicher, dass sich die Metallkassette in seine Haut drückte – aber wer konnte darauf jetzt Rücksicht nehmen? Linker Ellbogen. Klong. Rechtes Knie. Sam mit dem rechten Arm nach vorne schieben. Linkes Knie. „Du musst nichts tun, außer atmen", ächzte sie. „Den Rest mache ich schon." Sie reckte das Bein und fühlte mit der Fußspitze nach der Wand. Sie waren noch nicht an der Einmündung des Flurs. Zumindest glaubte sie das. Sie kroch weiter. Zog weiter. Fühlte mit der Fußspitze. Fühlte mit der Fußspitze, bis keine Wand mehr da war.

„Jetzt müssen wir nach rechts und dann sind wir an der Treppe", sagte sie zu Sam. Er antwortete nicht. Sie war sich nicht sicher, ob er überhaupt noch atmete. Und sie wollte es auch nicht genau wissen. Nicht, bevor sie ihn nicht hier herausgebracht hatte. Aus dem Rauch und aus der Hitze. Wenn sie das hinter sich hatte, war er in Sicherheit.

Yana kroch weiter. Ihre Lungen fühlten sich an, als wenn sie selbst brannten. Jeder Luftzug, den einzuatmen ihr gelang, machte das Feuer noch heißer. *Vorwärts,* sagte sie sich. *Weiter vorwärts. Du musst hier herauskommen. Du kannst sie nicht gewinnen lassen. Für Mom.* Linker Ellbogen. Klong. *Für Rae.* Rechtes Knie. *Für Sam.* Sie zog Sam mit dem rechten Arm vorwärts. *Für Mandy.* Linker Ellbogen.

Moment! Sie war mit dem Ellbogen an etwas gestoßen. Yana tastete mit der Hand, und sie bekam einen Krampf im Daumen, weil sie ihn so heftig um den Griff der Metallkassette klammerte. Ihre Finger waren wieder auf Fleisch gestoßen. Auf Fleisch, das voller Blasen war. Bittere Galle stieg in ihrer Kehle auf. *Denk jetzt nicht darüber nach,* sagte sie sich. *Du musst weiter.* Aber sie konnte nicht ... nicht über die Leiche kriechen. Nicht, wenn sie Sam noch mit sich ziehen musste. Sie würde aufstehen und ihn tragen müssen.

Yana rappelte sich mühsam auf – und sah ein kleines rotes Licht durch den Rauch blinken. Die Tastatur an der Tür! Der ... der Tote musste versucht haben, zur Tür zu kommen. *Denk jetzt nicht darüber nach,* sagte sie sich wieder. Sie brachte ihr Gesicht so nah wie möglich an die Tastatur heran, und die Ziffern wurden sichtbar. Sie tippte den neuen Code ein, und bei jeder Berührung brannten sich die Metalltasten in ihre Finger.

„Geschafft", sagte sie leise, als die Tür aufsprang. „Sam, wir sind draußen." Yana beugte sich herab und riss Sam auf die Beine. Sie legte ihren Arm um seine Schultern und hielt sie mit der anderen Hand aufrecht. Dann begann sie die Treppe zu erklimmen.

Ihre Schultermuskeln schrien vor Protest, aber Yana ließ Sam nicht los. Ließ auch die Metallkassetten nicht los. Rechter Fuß. Linker Fuß. Nach oben, nach oben, nach oben. „Die Hälfte haben wir fast schon, Sam", sagte sie. Es stimmte nicht. Sie hatten gerade die Hälfte der ersten Treppe hinter sich, und vor ihnen lag noch eine. Aber Sam sah sowieso nicht hin.

Yana sog einen tiefen Atemzug ein. Schon besser. Die Luft hier draußen war wesentlich kühler. Sie atmete noch einmal ein. Es war, als wenn eine Feuerhose ihre Lungen ergriffen hätte. Energie durchflutete ihren Körper. Sie begann zwei Stufen auf einmal zu nehmen. Sams Füße berührten kaum den Boden. Trotzdem kam er ihr nicht schwer vor. Es war, als wäre sie plötzlich Supergirl oder so etwas geworden. Als könnte sie jetzt ohne weiteres ein Auto von einem Kind heben. Linker Fuß. Rechter Fuß. Linker Fuß. Rechter Fuß. Linksrechtslinksrechtslinksrechts.

Und da war die Tür. Yana öffnete sie. Die Luft auf dem Flur im Erdgeschoss war noch besser. „Es ist nicht mehr weit, Sam." Yana beugte sich hinab und schob einen Arm unter seine Knie. Sie würde ihn den Rest des Weges tragen. Er war ganz leicht, vielleicht weil er krank war. Und sie flog geradezu – flog auf den Haupteingang zu. Sie war sich sicher, dass sie in diesem Moment mehr Adrenalin ausschüttete als in ihrem ganzen bisherigen Leben zusammen. „Geschafft!", jubelte Yana, als sie die große Doppeltür aufschob und in die Nachtluft hinauslief. „Wir haben es geschafft, Sam! Wir haben es geschafft!" Das Adrenalin verließ ihren Körper und ließ sie matt werden. Vorsichtig legte sie Sam auf den Boden. Sie wollte sich nur kurz ausruhen ...
Ein schreckliches Geräusch erfüllte ihre Ohren. Schwere Schritte. Die auf sie zuliefen. „Nein. Nein, nein, nein, nein." Yana wollte nicht hinsehen – aber sie musste. Vier Wachen kamen über den Parkplatz auf sie zugelaufen. Wachen mit Pistolen. „Ich kann nicht ...", flüsterte sie. „Ich glaube nicht, dass ich ... ich kann nicht." Langsam ging sie in die Knie, auf den Boden, neben Sam. Um ihn zu bekommen, mussten sie erst einmal mit ihr fertig werden. So viel konnte sie noch tun ...
Ein Auto röhrte über den Parkplatz und hielt mit quietschenden Reifen zwischen Yana und den Wachen. Die Hintertür flog auf. Hände langten heraus. „Steig ein", schrie jemand. Yana konnte nicht. Sie konnte nicht.

Aber die Hände packten sie und rissen sie in den Wagen. Sie und Sam. Und das Auto fuhr davon. Yana hörte Schüsse, aber das Auto fuhr weiter. Auf die Straße. Alles sah so komisch aus. Als wenn es Kulissen für einen Film gewesen wären.
„Bist du okay?", rief jemand.
„Rae – du bist das", sagte Yana. „Und wir sind in Anthonys Auto."
„Ja, das stimmt. Wir sind alle hier bei dir. Anthony und Mandy und ich", antwortete Rae, und ihre Stimme klang ruhig und sanft. „Wir bringen dich ins Krankenhaus."
Krankenhaus. Krankenhaus. Yana brauchte einen Moment, bis sie den Begriff verstanden hatte. „Nicht mich. Sam! Wir müssen Sam ins Krankenhaus bringen."
„Dich und Sam", versprach Rae.

Rae stürmte in die Notaufnahme. Die beiden Metallkassetten schlugen gegen ihre Oberschenkel. Ohne die Kassetten hatte Yana sie nicht aus dem Auto gelassen. „Wir haben jemanden im Auto. Er ist bewusstlos", rief sie. „Er hat ungeheuer viel Rauch eingeatmet. Bei einem Feuer."
Bevor sie das letzte Wort ausgesprochen hatte, rollten ein Mann und eine Frau in Weiß schon eine Bahre aus der Glastür. Rae folgte ihnen zum Auto.
Anthony, Mandy und Jesse standen neben der rechten Hintertür des Wagens. Durch das Fenster konnte Rae Yana

mit diesem Jungen sehen – mit Sam, der in ihrem Schoß lag.

Die Frau in Weiß öffnete die Autotür. „Du musst bitte mal aussteigen – damit wir deinem Freund helfen können", sagte sie zu Yana.

Yana schien nicht zu hören. Rae lief hinzu. Sie drückte Anthony die Metallkassetten in den Arm, dann nahm sie Yana an der Hand. Ihre Hand fühlte sich an wie die Hand einer Puppe, weich und biegsam. „Komm, meine Süße. Sie werden mit Sam schon vorsichtig umgehen. Aber wenn du im Auto sitzen bleibst, kommen sie nicht an ihn heran." Sie zog vorsichtig an Yanas Hand, und gehorsam stieg Yana aus dem Auto.

Das Rettungsteam arbeitete rasch. Es dauerte nur Augenblicke, dann hatten sie Sam auf die Bahre gelegt. Während sie die Bahre hineinfuhren, lief Yana hinter ihnen her. Rae folgte ihr, ohne ihre Hand loszulassen.

„Wir brauchen den Defibrillator", sagte der Mann, der die Bahre lenkte, während er Sam an der Aufnahme vorbeischob. Mit einer eleganten Bewegung manövrierten die Frau und er die Bahre in eine kleine Kabine. Sie zogen einen Vorhang hinter sich zu und schützten auf diese Weise die Bahre vor Blicken.

„Aus dem Weg", rief eine Schwester. Sie kam mit einem Metallapparat auf Rollen angerannt. Rae erhaschte einen Blick auf Skalen und zwei Plastikelektroden. *Schlägt sein*

Herz etwa nicht mehr?, überlegte sie. *Sonst braucht man dieses Ding mit den Elektroden doch nicht.*

„Los!", hörte Rae eine Stimme hinter dem Vorhang.

Yana sprang plötzlich nach vorne und riss den Vorhang zur Seite – genau in den Moment, als Sams Körper heftig zusammenzuckte. „Sie tun ihm ja weh!", kreischte sie.

„Geh bitte ins Wartezimmer", wies die Krankenschwester sie an. Sie löste den Vorhang aus Yanas Fingern und zog ihn wieder zu.

„Komm, Yana", sagte Rae. „Wir müssen sie Sam helfen lassen."

„Nein." Yana schüttelte den Kopf. „Nein!"

„Strom!", rief eine Frauenstimme hinter dem Vorhang.

Yana zuckte zusammen. Genauso wie Rae sich vorstellte, dass Sams Körper gerade auf der Bahre zusammenzuckte. Verschiedene Stimmen begannen gleichzeitig hinter dem Vorhang zu sprechen. Dann war alles still.

„Zeitpunkt des Todes: zweiundzwanzig Uhr sieben", sagte der Mann.

„Er ist nicht tot!", rief Yana aus. „Sam ist nicht tot. Er hält durch bis Weihnachten." Sie riss den Vorhang beiseite und starrte das Notfallteam an.

„Meinen Sie ... wir könnten vielleicht einen Moment ..." Rae zeigte auf die Leiche. Gott – die Leiche!

„Ja, aber nur einen Augenblick", sagte die Schwester. Sie drückte Yanas Hand, während sie die anderen Rettungsleute aus der Kabine gehen ließ, dann schloss sie hinter ihnen den Vorhang.

„Er ist nicht tot", wiederholte Yana.

„Yan, es tut mir Leid – aber er ist es", sagte Rae, und Tränen stiegen ihr in die Augen. „Sieh ihn dir doch an."

Yana beugte sich über Sams Körper und betrachtete ihn. Eine Träne fiel von ihrer Wange und landete in seinen offenen Augen, mit denen er sie anstarrte. „Nein, er lebt."

Sie kann es nicht begreifen, dachte Rae. *So, wie es mir mit Aiden ging.*

„Rae, berühr mal seine Fingerspitzen. Du wirst schon sehen, er ist noch da."

„Gute Idee. Ich versuche es – nur um sicherzugehen", antwortete Rae. Wenn Yana dadurch zu überzeugen war, wollte sie es tun. Sie nahm Sams Hand, drehte seine Handfläche nach oben, legte ihre Fingerspitzen vorsichtig auf seine ...

... und befand sich in einem Käfig aus Holzstäben. Über ihr waren Clowns. Clowns, die an Schnüren hingen. Silbrig klingende Musik begann zu spielen, und die Clowns fingen an, über Rae im Kreis zu tanzen, wobei die Karos und Streifen ihrer Kostüme sie fast schwindlig machten und ihr die großen, roten, breiten Münder wie Grimassen vorkamen.

Denk daran, wozu du hier bist. Denk daran, wozu du hier bist, befahl sich Rae. „Sam!", rief sie. Aber die silbrige Musik war alles, was sie hörte. Und die tanzenden Clowns die einzige Bewegung. Rae machte einen Schritt nach vorn. Der Boden unter ihren Füßen war weich. Sie ging in die Knie und strich mit ihren Fingern darüber. *Das ist eine Matratze,* schoss es ihr durch den Kopf. Und fast im selben Moment: *Ich liege in einer Wiege. Einer ganz großen Wiege. Und die Clowns, die Clowns sind ein riesiges Mobile.* Oder vielleicht hatten die Wiege und das Mobile ja auch eine normale Größe, und nur Rae war klein.

Wie auch immer, sagte sich Rae, *du bist in Sams Welt. Und wenn Sams Welt noch existiert, dann heißt das doch, dass er noch lebt. Oder?* „Sam!", schrie Rae wieder. Sie lief über die Matratze, sank bei jedem Schritt fast bis zu den Knien ein. Sie kam an den Rand und ...

... fand sich am oberen Ende einer gewundenen Rutschbahn aus Metall wieder. Der Boden schien endlos weit entfernt zu sein. Und das Metall sah so glatt aus, als wäre es geölt worden. „Hab keine Angst, du schaffst es", rief eine Stimme, die klang, als gehörte sie einem Riesen.

Los!, feuerte Rae sich an. *Du musst Sam finden. Wer weiß, wie viel Zeit noch bleibt?* Sie legte sich auf den Bauch, mit dem Kopf voran, und rutschte der Erde entgegen. Ihr Körper wurde hin und her geworfen, während sie durch die Kurven glitt. Sie landete unsanft und fühlte ...

... etwas Kühles und Trockenes über ihren Arm kriechen. Eine Schlange. Rae hielt sie für eine Boa Constrictor. Und sie war eine Freundin. Irgendwie wusste Rae, dass sie eine Freundin war. Natascha. So hieß sie. „Natascha, wo ist Sam?", fragte Rae. Die Schlange wand sich von ihrem Arm herab und glitt über den Asphalt, auf dem Rae lag. Rae stand auf und folgte ihr. Wer hätte gedacht, dass eine Schlange so schnell kriechen konnte? Rae bewegte ihre Beine schneller. Sie durfte die Schlange nicht aus den Augen verlieren. Natascha würde sie zu Sam bringen.

Jawohl! Da war er! Er sprang gerade in einiger Entfernung über ein Tennisnetz. „Sam! Sam, warte!", schrie Rae. Sam zauderte nicht mal. Er lief weiter, immer weiter auf die gleißend helle Sonne zu. Wenn er dort ankam, würde Rae sterben. Nein, er würde sterben. Oder etwa sie alle beide?

Keine Zeit nachzudenken, ermahnte sich Rae. *Lauf!* Ihre Lungen brannten, während sie sich alle Mühe gab Sam einzuholen. Der Asphalt unter ihren Füßen wurde immer zäher und sie fiel ...

... genau in die Mitte eines großen Pin-up-Plakats, das in eine Zeitschrift geheftet war. Die Klammern im Heftfalz waren so lang wie ihr Arm. Und die Brüste des Models sahen aus wie – wen interessierte schon, wie sie aussahen? Rae rappelte sich hoch und hielt verzweifelt nach Sam Ausschau. Er war wieder verschwunden.

Nein, da vorne war er ja noch. Ein kleiner Punkt vor dem gleißenden Licht der Sonne. „Sa-am!", schrie Rae. Sie fiel in einen Wald, einen Wald aus Spritzen. Alle paar Schritte zuckte ein elektrischer Schlag durch ihren Körper. Aber sie konnte nicht aufhören zu rennen. Die Spritzen standen immer enger zusammen, je weiter sie lief, bis sie ...

... einen Käfig bildeten, der sie umfing. *Er wird weglaufen,* dachte Rae. *Du musst ihn aufhalten!* Sie trat so weit es ging nach hinten, dann senkte sie ihren Kopf. Sie tat, als wäre sie Anthony. Anthony auf dem Footballfeld. Und die Spritzen waren die Spieler der gegnerischen Mannschaft. Ihre Schultern knallten gegen kaltes Plastik. Rae erlaubte sich keinen Moment des Zögerns. Sie rammte sich hindurch. Ein knackendes Geräusch erklang, und Regen, Regen, der wie Säure brannte, ging auf sie hernieder. Und sie stolperte ...

... über die schwarz-weißen Felder eines Schachbretts, wich den großen Marmorfiguren aus, die vor ihr einherglitten und ihr den Weg versperrten. Aber wenigstens konnte sie Sam sehen. Er war ihr nur noch bis zur anderen Seite des Spielbretts voraus. So nah. Weiß, schwarz, weiß, schwarz.

Grau. Moment! Die Felder des Spielbretts liefen ineinander, wurden grau. Die Figuren wurden ebenfalls grau. Der Himmel – grau. Rae warf einen Blick über ihre Schulter. Alles, was sie sah, war grau. Weiter vor sich konnte sie sehen, wie Sams Füße den Boden verließen. Er flog jetzt, flog der Sonne entgegen. Wenn er ihr noch näher kam ...

„Neiiin!", rief Rae. „Dreh um! Yana schickt mich, damit ich dich hole!"
Sam fiel vom Himmel, und Rae rannte zu ihm, schneller als sie es jemals im Sportunterricht getan hatte. Dann hielt sie an und fiel neben ihm auf die Knie. „Sam, wir müssen hier weg. Yana wird stinksauer sein, wenn wir nicht von hier abhauen."
Rae zog Sam auf die Füße. Einige Flecken seines Körpers waren zu Sonnenlicht geworden und leuchteten so hell, dass sie ihn kaum ansehen konnte. Sie schloss die Augen und drehte Sam in die Richtung zurück, aus der sie gekommen waren. Dann stolperte sie los und zog Sam hinter sich her.
Kalt. Mit jedem Schritt wurde die Luft kälter. Sie ließ ihre Lungen gefrieren. Fror sie platt. Und ihr Herz ... begann langsamer zu schlagen. Es war kalt. So kalt. Viel zu kalt, um weiter zu schlagen ...

„Als du die Fingerspitzen eines Mädchens berührt hast, das bewusstlos war, bist du umgekippt", sagte eine vertraute Stimme. „Was zum Teufel hast du eigentlich gedacht, was passieren würde, wenn du Fingerspitzenkontakt mit einem Toten hast?"
Rae schlug die Augen auf. Anthonys Gesicht erschien in ihrem Blickfeld – so groß wie die Sonne. Und wärmte sie.
„Ich lebe?"

Er beugte sich zu ihr herab und küsste sie, heftig, presste seine Lippen mit Inbrunst auf ihre. „Ja, du lebst", antwortete er, als er seinen Mund wieder hob. „Aber es hätte auch anders ausgehen können."

Rae wollte sich aufsetzen und merkte, dass sie auf einer fahrbaren Liege lag. Anthony fasste sie an den Schultern und versuchte, sie wieder hinabzudrücken. „Der Arzt hat gesagt, du sollst dich ausruhen."

„Es geht mir gut." Rae umklammerte die Armlehnen der Rollliege mit beiden Händen, um sich zu wehren. „Was ist mit Sam?"

„Sein Herz hat wieder zu schlagen begonnen. Die Ärzte sind fassungslos", antwortete Anthony. Er strich Rae das verschwitzte Haar aus der Stirn. „Das hat er dir zu verdanken. Wie du weißt."

Rae schüttelte den Kopf. „Wir haben uns darauf geeinigt, weil wir wussten, dass Yana stinksauer sein würde, wenn wir es nicht täten." Sie strich mit dem Finger über Anthonys Wange. „Und weil ich dich niemals verlassen könnte. Das weißt du doch, nicht wahr? Du gehörst zu mir."

„Ich glaube, damit kann ich klarkommen", knurrte Anthony. „Schließlich liebe ich dich ja – und so weiter."

„Genau." Rae legte ihren Arm um seinen Nacken. „Du liebst mich, und das heißt, dass du zu mir gehörst. Darum hilf mir jetzt bitte von der Liege."

„Der Arzt hat aber gesagt ...", begann Anthony.

„Seit wann lässt du dir von fremden Leuten etwas sagen?", erwiderte Rae. „Ich bin topfit."
Anthony fasste sie unter den Knien, hob sie über die Armlehnen der Liege und setzte sie vorsichtig auf die Füße. Er hielt sie in der Taille. Sie ließ ihren Arm fest um seine Schultern gelegt. Sie waren RaeAnthony, AnthonyRae, und Rae wollte, dass es so blieb.
„Bring mich zu Sam", sagte sie.
Und er ging mit ihr über den Flur, seine Schritte und ihre in perfekt gleichem Takt – weil sie ja nur einen Körper hatten, einen Geist und ein Herz.
„Sie soll sich doch ausruhen", sagte Yana, als sie Sams Zimmer betraten.
„Allerdings", sagte Mandy.
Rae bemerkte, dass sie ihre Finger eng mit Jesses Fingern verschlungen hatte. Sie waren nicht MandyJesse. Noch nicht. Aber vielleicht eines Tages, wenn sie Glück hatten; wenn sie solches Glück hatten wie sie und Anthony ...
„Ihr kennt doch Rae. Sie hört auf niemanden – außer auf sich selbst", antwortete Anthony.
„Hey, ich ..." Sam runzelte die Stirn und sah Rae an. „Ich hatte einen Traum. Und du bist darin vorgekommen."
„Einen Traum kann man es wohl nicht ganz nennen", antwortete Rae.
„Sam, das ist Rae. Sie ist eine von uns", sagte Yana. „Und Mandy auch."

„Noch mehr Meerschweinchen", knurrte Sam.
„Nein", widersprach Yana entschieden. „Wir sind niemandes Meerschweinchen. Und wir werden es auch niemals sein. Ich habe das Center abgebrannt. Den ganzen Kasten."
„Nicht schlecht, für ein Meerschweinchen", antwortete Sam.
Was soll dieser Quatsch mit den Meerschweinchen?, fragte sich Rae. Aber sie wollte nicht unterbrechen und fragen. Zwischen Yana und Sam lief etwas so Intensives ab, dass Rae fast schon die Hitzewellen spüren konnte, die davon ausgingen.
„Aber damit ist nicht alles vorbei. Wie du weißt", fügte Sam hinzu.
Yana stieß einen Seufzer aus, der klang, als käme er vom Grund ihrer Fußsohlen. „Ja, das weiß ich. Als diese Leute hier mich gerettet haben ..." – sie machte eine kreisende Handbewegung, die Rae, Anthony, Mandy und Jesse umschloss – „... waren schon wieder die nächsten Wachen der Behörde hinter mir her." Sie rieb sich ihr Gesicht mit den Fingern. „Vielleicht hätte ich gar nichts mehr gemacht. Vielleicht hätte ich ..."
Mit einem Mal klang sie so erschöpft, als ob alle Energie und alles Leben aus ihr entschwunden wären.
„Deine Mom wäre stolz auf dich", sprang Rae ihr bei. „Sie wollte die Behörde schließen lassen – darum hat man sie umgebracht. Und jetzt kämpfst du auch gegen die Behörde. Genau wie deine Mutter."

„Und wir werden weiterkämpfen", versprach ihr Anthony.
„Alle zusammen", fügte Mandy hinzu.
„Alle zusammen", wiederholte Jesse.
Yanas Gesichtszüge wurden weicher, und Rae hatte eine Ahnung, wie Yana als kleines Mädchen ausgesehen haben musste – als das kleine Mädchen, das Ballerina werden wollte. „Danke, Leute", sagte sie leise. „Nach dem, was ich euch angetan habe, kann ich ..."
„Wir haben alle Dummheiten gemacht", schnitt Anthony Yana das Wort ab. Rae zog ihn näher zu sich heran.
„Und was ist mit dir, Sam?", fragte Yana. „Du bist heute Abend plötzlich im Center aufgetaucht, obwohl du mir gesagt hattest, dass du mir auf keinen Fall helfen würdest. Machst du auch mit?"
„Ja. Ich bin dabei. Ich bin dabei, bis ich draußen bin – wann immer das sein wird. Mehr als das kann ich nicht versprechen", antwortete Sam.
Yana nickte, und Rae merkte, dass ihre blauen Augen vor unterdrückter Tränen glänzten. „Dann bin ich zufrieden. Mehr als zufrieden." Ein Grinsen breitete sich langsam auf ihrem Gesicht aus. „Und es ist mir gelungen, etwas zu klauen, das die Behörde zurückwerfen wird."
„Was denn?", fragte Rae.
„Proben eines neuen Mittels, das N-Tetran genannt wird. Es wird all unsere Fähigkeiten verstärken", antwortete Yana.
„Die Behörde wird Monate brauchen, um wieder auf die

Formel zu kommen", sagte Sam. „Für eine Weile haben wir also auf jeden Fall einen Vorsprung."

„Dann sollte die Behörde mal zusehen, dass sie ihren Arsch in Sicherheit bringt", sagte Yana. Sie sah zu Rae. „Denn zusammen und auch ohne das Mittel haben wir schon ein paar Arschtritte gegen sie ausgeführt."

„Und wir werden weiter treten", stimmte Rae zu. Sie fasste Yanas Hand. „Wir alle zusammen."

Melinda Metz

Dunkles Erbe

Anthony hat mir geholfen, eines meiner Geheimnisse zu entschlüsseln. Er hat mir gezeigt, dass ich nicht verrückt bin. Ich wollte ihm dafür danken und ihm helfen, das zu finden, wonach er sich sein ganzes Leben lang gesehnt hat. Doch er denkt, ich habe ihn betrogen. Er versteht nicht, dass die Antworten, die ich gefunden habe, schockierend sind - für ihn und für mich.

Gefährliches Geheimnis

Als alle, denen ich vertraute, mich im Stich ließen, war Anthony für mich da. Er war der Einzige, der mir geholfen hat. Ohne ihn wäre ich nicht mehr am Leben.
Doch jetzt scheint er Wichtigeres zu tun zu haben, und ich bin allein. - Allein mit dieser Person, die mich beobachtet und irgendwo da draußen auf ihre Chance wartet ...

Melinda Metz

Mörderischer Verrat

Ich weiß jetzt, wie ich die Person finden kann, die mich umbringen will. Aber ich kann weder Yana noch Anthony davon erzählen.
Die beiden verbergen etwas vor mir. Solange ich nicht weiß, was es ist, muss ich diese Sache allein durchziehen ...

Grausame Erkenntnis

Seit Monaten bin ich nun schon auf der Suche nach Antworten. Und ich dachte, wenn ich erst einmal die ganze Wahrheit kennen würde, wäre ich endlich in Sicherheit.
Doch ich schwebe immer noch in tödlicher Gefahr – nur weiß ich jetzt, wie ich mich wehren kann ...